活着！是我最想给你的建议。

活着！去实现你的梦想！

做一个健康的阳光女孩，
是很幸福的事。

生活是如此美丽,
充满了意义。
只要我们愿意去感受,
就能体验到种种的美好。

我唯一想要的，
就是能量满满地去生活，
去享受。

把每一天都当作
生命的最后一天。

追求一切幸福和生活的真谛不仅是我，也是每个人的追求。我呢，也找了好久，好久。

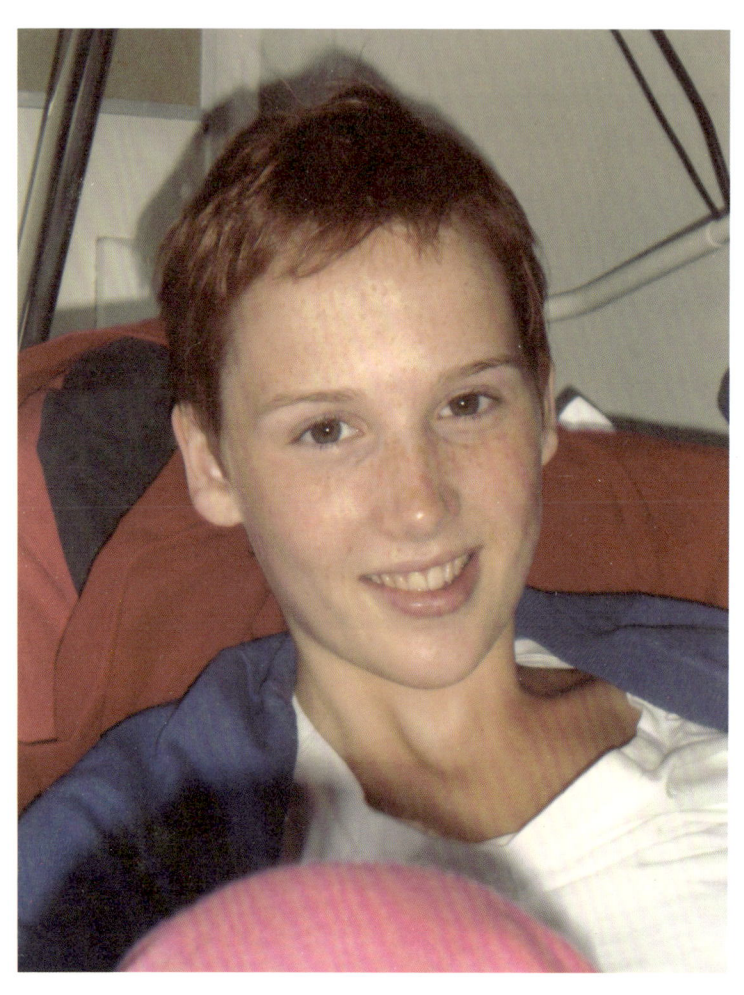

时间教会我:
有些问题是找不到答案的。

活着

写在生命最后的100天

［荷］劳拉·马斯康特 著
孙远 译

哈尔滨出版社
HARBIN PUBLISHING HOUSE

黑版贸审字 08-2020-128 号

图书在版编目（CIP）数据

活着：写在生命最后的 100 天 /（荷）劳拉·马斯康特著；孙远译 . —— 哈尔滨：哈尔滨出版社 , 2021.3
 ISBN 978-7-5484-5770-1

Ⅰ . ①活… Ⅱ . ①劳… ②孙… Ⅲ . ①日记 – 作品集 – 荷兰 – 现代 Ⅳ . ① I563.65

中国版本图书馆 CIP 数据核字 (2020) 第 240292 号

Leef! © 2020 by Laura Maaskant
Originally published by Uitgeverij Ten Have, Utrecht
By arrangement of Chengdu Tongzhou Culture Communication Co.,Ltd.

书　　　名：活着：写在生命最后的 100 天
　　　　　　HUOZHE:XIE ZAI SHENGMING ZUIHOU DE 100 TIAN

作　　　者：[荷] 劳拉·马斯康特 著　孙　远 译
责 任 编 辑：尉晓敏　赵　芳
责 任 审 校：李　战
封 面 设 计：刘　霄

出 版 发 行：哈尔滨出版社（Harbin Publishing House）
社　　　址：哈尔滨市松北区世坤路 738 号 9 号楼　邮编：150028
经　　　销：全国新华书店
印　　　刷：鑫艺佳利（天津）印刷有限公司
网　　　址：www.hrbcbs.com　　www.mifengniao.com
E－m a i l：hrbcbs@yeah.net
编辑版权热线：（0451）87900271　87900272
销售热线：（0451）87900202　87900203

开　　　本：880mm×1230mm　1/32　印张：8.5　字数：130 千字
版　　　次：2021 年 3 月第 1 版
印　　　次：2021 年 3 月第 1 次印刷
书　　　号：ISBN 978-7-5484-5770-1
定　　　价：48.00 元

凡购本社图书发现印装错误，请与本社印制部联系调换。
服务热线：（0451）87900278

献给托马斯

——在天堂里等待我的英雄

伊萨卡岛

当你启程前往伊萨卡,

但愿你的道路漫长,充满冒险,充满发现。

独眼巨人,莱斯特律戈涅斯巨人,

还有恼怒的海神波塞冬,

不要害怕他们。

只要高扬思想,拥有能够融化心灵和身体的感情,

旅途中是不会遇到他们的。

只要你不将他们带入你的精神世界,

只要你的精神足够强大,

独眼巨人,莱斯特律戈涅斯巨人,

还有恼怒的波塞冬是不会来打扰你的。

在那条漫长的路上,

你会在无数个夏日的早晨满怀欣喜地,

驶入未知的港口,

在腓尼基人的贸易市场里驻足,

购买精美的物件。

珍珠，珊瑚，琥珀，黑檀，

还有无数诱人的香料，

只有你想不到的，没有买不到的。

愿你走访众多埃及城市，

向智者讨教。

把伊萨卡常记心中，

到达那里是你此行的目的。

但不要过于匆忙，

多年后，

当你到达那里，你也老了，

一路所得已让你富足，

不再需要伊萨卡赐予你财富。

伊萨卡已经赐给你如此美好的旅程。

如果不是它，你永远也不会出发。

现在它也没什么可以给你的了。

如果你发现它的贫穷，

可不是伊萨卡在愚弄你。

那时的你聪慧，见多识广，

也就不会不明白伊萨卡的意图是什么了。

K.P.卡瓦菲斯《伊萨卡》

出自：《诗集》

滴答作响的时间

时间,

滴滴答答,

滴滴答答。

指针把世界交给人们,

他们的生活摇摇摆摆。

一圈又一圈,

唯一的前进方向就是,

从一根指针靠近另一根。

所有人都这样活着,

除了那根指针。

指针一下子跳得很高,

然而落下时却被终止了,

是时间的炸弹被引爆了。

拥抱,亲吻,

自由的吻是甜甜的,

自由的吻是轻轻的。

她把滴答作响的钟从墙上拿了下来。

活着,

空洞的空间里写着这两个字。

这让她的生活充满了爱,

没有了滴答作响的时间。

艾琳娜·米琳娜

(在我十八岁生日那天,我的好朋友艾琳娜送给我的诗)

目录

001　译者的话
002　写给中国读者的话
003　代前言：我们来到这个世界并不仅仅是为了活着
006　写在正文前的话：我想休息一下，之后，好好地活着

Part One

你若不勇敢，没人替你坚强

003　梦魇总是在不经意间降临
015　没有退路的时候，怎么走都会是前进
021　生病本身就是一个让人成长的过程
032　与命运斗争，你需要坚持
038　上帝会收到你的来信的

把每一天都当作生命的最后一天	047
梦想在面对死亡时格外珍贵	056
我们不可以被现实打倒	062
在绝望与希望之间重新认识自己	067
拼出自己想要的人生	076

Part Two

走泥泞的路,才能留下清晰的脚印

挫折终将成为你的财富	085
苦难让我获得新生	089
没有什么比正常的生活更加迷人	100
有时候,放弃也是赢	110
你越强大,困难就越渺小	117

Part Three

我要为自己的选择精彩地活着

129	积极面对美好的每一天
136	重要的是你想要怎么做
143	通往天堂的路不会一帆风顺
152	既然无法选择,那就迎接它的到来吧
158	家人永远在你背后
165	努力活着,哪怕没有明天
171	经历煎熬,才会找到内心的平静
175	时间把我历练成现在的我

附 录

Appendix

附录一：前进的方向只有一个	187
附录二：感谢上帝让我与你们相遇	194
附录三：读者推荐	199
后　记	205

译者的话

　　五个月前,我一拿到翻译原稿,便迫不及待地读了起来。结果一发不可收拾,用了一整个晚上把原著读完。之所以放不下来,是因为作者那有力的笔调,那牵动人心真实的感受和经历,还有虽然面临生命的尽头,却依然生机勃勃的精神!

　　活着!简单却震撼人心的两个字,活在当下和享受生活的种种美好是作者想要传达给读者的信息。在翻译的过程中,我完全沉浸到劳拉的世界里,与她一起经历种种痛苦,体验亲人和朋友带来的温暖和支持。

　　能把这样美好的作品从一个对大多数中国读者而言陌生的语言翻译成自己的母语,我感到非常荣幸!

　　希望大家在阅读的过程中尽情享受文字及生活给我们带来的无限美好。

孙　远

2016年10月于荷兰莱顿

写给中国读者的话

让我感到非常高兴的是,我的作品《活着》在荷兰出版两年后,现在跟中国读者也见面了。说实话,我几乎无法相信这是真的:在世界的另一端,我的书被翻译成了一种对我而言无法阅读的文字!

在我看来,无论是在中国还是在荷兰,这个社会对我们的要求越来越高:繁忙的学习,家长和朋友的期待,想要把生活过好的期许。然而这并不是生活的全部。就像我的书里写的那样,我相信,无论处于什么样的环境,你都有自己做出选择、决定前进方向的可能。生活是如此美丽,充满了意义。只要我们愿意去感受,就能体验到种种的美好。我希望读者们通过这本书,能得到自己想要的东西。

我祝你们阅读愉快,记住一个真理:活在当下!

劳拉·马斯康特

2016年10月

代前言：
我们来到这个世界并不仅仅是为了活着

> 你已然掌握了可以改变一个国家的辞藻。
> ——Emeli Sandé《Read All About It》

今天是个大晴天，每当遇上这样的天气，我就总想去海边，尽情享受阳光的照耀。想来想去，也只有今天最合适。说走就走，我和蒂尔莎准备出门。比起昨天和明天，今天才是唯一能够把握的。我们走向停在公寓附近的小车，蒂尔莎在我前面跳上了车。车子驶过阿姆斯特丹的运河，向海边开去。

在经过一排漂亮别墅时，我冲蒂尔莎嚷嚷道："蒂尔莎，等我们老了，就住到这里来。"说完便踩了下油门，运河很快从我们视野里消失了。经过博物馆广场时，著名的国家博物馆出现在左手边，这里有着全荷兰最优秀的艺术作品。在我看来，这些艺术品是全世界最棒的，我崇拜荷兰黄金时代的艺术，那个时代的艺术大师们将自然主义表现得淋漓尽致。

他们的绘画手法仿佛是人们审视这个世界最理想的视角：在关注细节的同时，还不忘隐晦地使用象征。车开过凡·高博物馆，又经过城市博物馆，没多久便上了环线。哥哥丹尼给我发了条短信，说："嗨，亲爱的，我爱你！祝你有个好心情！"看完短信，我笑了，太阳好像也跟着笑了起来。我朝后座嚷道："蒂尔莎，祝你有个好心情！"车窗开着，窗外的汽车声和风声闯了进来。

来到海边，我解开了蒂尔莎的链子。它跑来跑去，迫不及待地要跟我玩丢球球，球是它自己在车里找到的。我陪它玩了一会儿，便把一块颜色亮丽的浴巾铺在了沙滩上。周围静得出奇，不过也没什么奇怪的，这毕竟只是个寻常的星期二下午。空气中还透着微微的寒意，我没脱下花裙子。蒂尔莎把鼻子凑到我脸上，发现我闭上了双眼，便乖乖地在我身边趴了下来，喘了口气，把背靠在我的左腿上。我们就这么躺着，享受着阳光的抚摸，听着海浪拍岸的声音。

过去的一段日子里发生了许多事，好在这些都没能影响我的睡眠。我小睡了一会儿，放松极了，这样的天气和此刻的生活让我心生惬意。当我再次睁开双眼，便开始思考人生。

一切从五年前开始，当时的我完全没了头绪，不知道什么时候才是尽头。如今的我终于找到了答案，而且让我高兴的是，一切都结束了。在我生命的顶峰、精力最旺盛的时候，我最想要的一切戛然而止。

如今，一切在我眼里是那么透彻，那么清晰。所有的对话、经历、香气、味道和感觉，全都如海浪一般向我涌来，我算是明白过去那几年的意义了。我深吸一口气，感受着清新的海风滑进肺里，思绪把我带回到了五年前，那个生命的转折点。因为从那一刻起，我的生活发生了翻天覆地的变化。

▶ Emeli Sandé《Read All About It》

写在正文前的话：
我想休息一下，之后，好好地活着

> 我多么想让你睁开双眼。
> 因为我想让你窥探到我的心灵深处，
> 告诉我你会睁开双眼。
>
> ——Snow Patrol《Open Your Eyes》

生活宛如流水，川流不息；时而激进，时而缓慢。2009年8月，我病了，生活犹如离弦的箭，发生了急速的变化。我一下子像被推进了一个大坑里，出不去了。从那时起，生活便给我带来了无尽的领悟，我试图抓住一切学习的机会。在随后的那几年里，我对生活产生了一种强烈的意识，努力追寻最好的生活状态。当然，与认识生活相比，我对死亡的认识来得更加强烈。此时此刻，我感受着风的力量，再一次跳回记忆中。五年里，我在生活、学习之间不停地忙碌，也是时候休息一下，再次静静地去体验那一切了。

只要一次，也就足够了。之后，我便会放开一切，好好地活着。

故事就从这里开始。在这场寻求幸福和生活真谛的旅途即将抵达终点的时候，我终于明白，对"此刻"的追寻其实并不存在，因为一边找，"此刻"也就一边悄悄溜走了。过去的几年里，我尝试着小心翼翼地求恒、去把持从前感受到的那些幸福和生活的真谛。虽说我没有因此变得更加幸福，但这种追求却把我带到了现在，将我变成了如今的这个我。

要不要把自己的经历拿来跟众人分享，我犹豫了很久。这样的决定可以说是我人生中的一大步，因为我要展示给众人的是自己和亲人的生活。然而，我又在瞬间领悟，追求一切幸福和生活的真谛不仅是我，也是每个人的追求。我呢，也找了好久，好久。直到病了，我才发现生活的本质是真实存在的。其实每个人都做得到这一点，它就存在于所有人的内心深处。不管身处何地，我的那些对生命、死亡、疾病、健康的亲身体验，对人们来说，都可能成为充满价值的人生领悟。生病之前，生活给了我一切我想要的东西。那时我十五岁，人生还有很长的路要走。我时常幻想着未来，一切看起来是那么顺利。然而，就在确诊的那天，我突然发现，**之前拥有的生活仅仅是在为即将发生的事情做准备**。就在我以为自己的生活已经无比幸福、开始渐渐领悟人生时，一切就这么发生了：那么突然，叫人无法预料。不过谁也没想到，我会从中得到那么多收获。

仿佛晴天霹雳一般，十五岁的我病了，而且还病得很重：在延伸至气管的第四根肋骨上长出了一个成年人拳头大小的肿瘤。那个恶性肿瘤名叫间质性软骨肉瘤。起初，医生认为很难诊治。然而，在经过多次治疗后，情况竟然发生了好转。那时发生的一切，让我变得洒脱，让我学会了彻底享受当下。没错，病得很重的那几个月意义的确非同寻常。我从中学会了许多东西，受益匪浅。

接下来，我要把你们带回从前，一起去体验我的那段成长之路。在过去的很长一段时间里，我一直没有意识到的是生活本身已经很美好，现在我终于领悟到了这一点。**生活，即使再艰难，也有她美好的一面。**

这本书的名字很简单，就叫《活着》，讲述了过去五年，我从十五岁到二十岁的成长历程。2013年4月，癌细胞在我的肺部肆意地扩散开来，我想这病是治不好了，就连医生也认为很难痊愈。肿瘤似乎没有变大的迹象，可也没人能告诉我，我什么时候会离开这个世界。就在我听说癌细胞扩散的那一天，一切都变了，未来就这么从我眼前消失了。现在回头看，生活最终还是回到了原有的轨道上，变得深刻、鼓舞人心、充满价值。在我眼里，生活变得弥足珍贵，我的心不再仅仅因为血流而跳动，我的心之所以还在跳，是因为纯粹而有力的生命力贯穿了整个身体，每天我都能感受到那种能量的存在。于是，每一天都变得特别起来。因为在我看来，每一天都可能成为生命的最后一天。我要好好享受此时此刻，享受眼前的生活。我想把你带入我的世界，在那个世界里，我不断地从过往的经历中学到一些非常重要的东西。

这本书是对我过去那段日子的真实写照，书里的观点很通俗，如同我对成长、对生活和对事物的态度一样。我想，每个人都渴望爱和光明最纯的形式。每个人都追求归属感，那种回家的感觉。在这本书里，我尽力写出癌症给我带来的积极影响。挣扎和不幸不是那个时期的重要组成部分，重要的是，挣扎和不幸后留下的地平线上的那片光明。我不断地经历跌倒、爬起，就跟所有人在生活中不断地吸取教训一样。有些教训来得很沉重，有些则轻飘飘。重要的不是付出了什么样的代价，而是得到的收获，也就是教训终究给你留下了什么。那些留下的会变成一段美好的经历，让你从中不断获得灵感。等我将来不在了，这本书还会留在人间，成为留给后代的一种遗产。当然，这本书既是写给未来，更是写给当下的。写作给我提供了一处空间，让我重新审视生活。我从中看到了某些联系，从我身边那些美好的人身上获得了无数灵感。值得庆幸的是，我还有足够的时间来完成这部生命之作。

也许我的故事有时会难以理解，不过这不重要，就按你喜欢的方式来阅读、来诠释，怎么都好，当下的一切都是美好的。从我得癌症以来，生活就发生了巨大的变化，再也回不到从前的样子了。而我也不想回到从前，因为现在的我阳光灿烂。我体会过临近生命终结的感受，但更重要的是，生命的无限延长性让我充满了活力，给我带来了无比的自由。

我唯一想要的，就是能量满满地去生活，去享受。活着！是我最想给你的建议。

2014年3月

 ▶ Snow Patrol《Open Your Eyes》

你若不勇敢，
没人替你坚强

Part One

梦魇总是在不经意间降临

做梦的人啊,
我在呼唤你,
你怎么不醒来呢?

——Dinand Woesthoff《Dreamer》

2009年的暑假,我尽情享受阳光、好朋友的陪伴和无限的自由,我还在就读的中学打了一份暑期工,白天上班,跟大多数同龄人的暑假没什么区别。刚读完初中的我,轻松地完成了所学课程,在高中选课时,选择了一个极具挑战性的组合:除了各种跟文化有关的课,还有西班牙语和经济学,我对那些不熟悉的课程充满了好奇。作为一个健康、阳光的年轻女孩,我对未来充满信心。

六月的一天,我做了一个梦,不知道为什么,早晨醒来时,我还记得梦的内容。在梦中,我和好朋友朵林走向城里最棒的发廊,我走得很艰难,要紧握扶手,才不会摔下去。朵林在我身边扶着我。梦里很热闹,我们谈论着各种各样的发型、发质和染发的颜色。来到发廊里,我那头金色的长发就要被剪掉了,剩下的将会是一头利落的短发。我盯着镜子里的自己,看着那头短发,还挺干练、挺漂亮的。但一滴泪水还是顺着脸庞流了下来，朵林也哭了。我俩都知道这不是什么好变化。在梦里，我们并没有谈论化疗。然而我知道，朵林和我之所以坐在发廊里，是因为我的头发在化疗过程中急速脱落。把头发剪短是在我的头发全都掉光前，我们想共同经历的一个过程。擦干眼泪，我才意识到自己病得多重。就在那一刻，我醒了。

七月的某个早晨，我准备去图书馆。当我光着身子站在浴室里的镜子前正准备洗澡时，左胸旁边的一个小小突起引起了我的注意。我又看了一眼，摸了摸，没错，左边确实比右边大一些，不过我并没有觉察有什么异常。于是我走进浴棚，忘了那个小小的突起。三个星期后，我的腋下出现了一个硬块儿。我叫来了妈妈，一起去看了医生。医生认为没什么大碍，为了以防万一，她建议还是做进一步的检查。拍完X光，几个星期后我要去邓医生那里听结果。这期间，我的假期照常进行。有谁会在15岁就想到癌症呢？

八月底的星期五，那个小肉球越加明显了。我们约到了医生，妈妈陪我一起去医院。医院里很安静，好像暑假里生病的人比平时少似的。我们坐在候诊室里，听到有人叫我的名字，便来到了诊疗室，过一会儿，邓医生就要进来了。

我和邓医生很早就认识，八岁的时候我摔断了胳膊，后来发炎了，邓医生使劲按上去，我觉得他好恐怖。我和妈妈坐在诊疗室等，邓医生突然冲进来。他每次都只敲一下门，不等屋子里的人应答，便猛地开门进来。他都没怎么变，最多就是老了一些。他没认出我来，我们最后一次见面，是六年前了。我告诉他左边胳肢窝下有个肉瘤，可是并不知道是什么时候长出来的，也应该不是受伤了。

"让我看看。"邓医生说。

"要脱胸罩吗？"我看着妈妈。

"当然了，不然我怎么检查？"他没好气地说。我突然想起来为什么小时候一见到他就紧张。他摸了摸那个肉瘤，手从背上挪到了胸前。我多少觉得有些尴尬。检查完左边，手又挪到了右边，整个过程持续了大约十分钟，漫长的沉默。几个月后，这种尴尬的感觉就彻底消失了，因为我在医生面前脱下胸罩的情况简直不计其数。

"根据X光片我看不出那个肉瘤到底是什么，去做个超声波检查吧。"邓医生说。

"什么时候做？"妈妈问。

"越快越好，我得知道究竟是怎么回事。就下周一吧。"

过完周末，我和妈妈又开车来到医院。那里依然很安静。我一个人走向超声波室，脱下了胸罩，仍然觉得不好意思。护士让我躺下，说医生一会儿就来。说完她便拿起一块浴巾，盖在了我的胸上。检查马上就要开始了。医生走了进来，把润滑胶涂在了那个肉瘤上，又把一个小仪器粘在了上面，一切准备就绪。在经历了无声的五分钟和无数的超声波后，我鼓足勇气问："还好吧？"除了这个，我也不知道还能问什么了。我不想问有没有什么问题，因为我很害怕知道答案。

"现在我还不能回答，去候诊室里等一下吧。"他一边收拾仪器，一边淡淡地说，递给我一块毛巾，就走了出去。回到候诊室我告诉妈妈还得等一会儿。几分钟后，一位和蔼可亲的护士向我们走来，说还得再拍几张X光片，放射科医生要仔细研究一下我的胸腔，因为之前的检查距离现在有一段时间了。

没过多久，护士又来到我们面前。"我们还想帮你做个CT和核磁共振扫描，明天就可以，那我们明天见啦。"

妈妈想知道为什么要做这么多检查，可护士说现在什么都不能讲，因为最终的检查结果还没出来。我有种不祥的感觉。为什么明天还得继续检查呢？我们跟护士约好时间，脑袋里一片空白。我和妈妈各怀心事地手挽着手走向了汽车。我预感一定有什么事情要发生。我的爸爸妈妈离婚了，那天晚上妈妈把我送到爸爸那里，因为第二天爸爸要陪我去医院，接下来有两项检查要做。邓医生在放射科的秘书那里留了张小纸条，问我们明天有没有时间来谈一下检查结果。

该死，貌似一切都表明事情很严重。到底有什么问题呢？接下去该怎么办？到现在我们还不知道这些问题的答案，也没得到什么解释。做完检查，就连爸爸也不说话了，我们一起离开了医院。

星期三，我和妈妈又来到了医院。挂完号，秘书叫来了正在急诊部忙活的邓医生。他特地为我腾出了时间，不然就得等上好几天。我和妈妈坐在候诊室里，今天的敲门声跟以往好像有些不同，多了几分人情味。邓医生平静地走了进来，问我们要不要喝点什么。我们摇了摇头，表示不需要。我感觉嘴巴和喉咙好像同时被封闭起来了。往常他都会坐到办公桌后面，今天却在离我们很近的地方坐了下来。

"我就开门见山吧，"邓医生说，"从片子上看到，你的第四根肋骨旁有一大块阴影，很可能是个肿瘤。我给你在格罗宁根医院的儿童肿瘤科约了个检查，就明天，得尽快。"

"肿瘤科？哦，好的，我们明天就去。还有别的事吗？"说完妈妈便哭了起来。

"肿瘤正从你的第四根肋骨往里长，延伸到了肺部。我还不确定它是恶性的还是良性的，要知道答案还得做进一步的检查，所以我才让你去肿瘤科。"他念了某种肉瘤的名字，我很快就忘记了，他又接着说，"我跟那里的同人商量过了，我们的建议是,无论如何星期五先做个全面的胸透,这样才能确定癌细胞有没有扩散到其他的部位。"

要回家了,邓医生祝我们好运。

"要坚强,接下来你们将面对一段沉重的日子。"虽然无法确定我有没有得癌症,但是他已经可以确定那个肿瘤特别大。第二天来到格罗宁根的肿瘤科,亲眼看到检查结果时,我才第一次真正明白邓医生的话。不管肿瘤是恶性的还是良性的,它都大得惊人,跟成年男性的拳头差不多。它正在向我的气管蔓延。肿瘤是从第四根肋骨旁边长起来的,现在已经长在了第三和第四根肋骨上。

我一岁时,爸爸妈妈就离婚了。但我并没有因此感受到疏离,爸爸妈妈的关系很好。从我四岁起,他们就各自有了另一半,我跟他们的另一半也都相处得很好。爸爸那边还好,而妈妈的另一半大约八年前去世了。从那时起,她就一个人生活。大多数时间我都跟妈妈住在一起,周末就去爸爸家。

我和三个哥哥成了爸爸妈妈的纽带。只要我或者哥哥们有什么事,过去的一切不开心就会化为云烟,由此可见我们之间的感情多么深厚,毕竟我们就只有一个爸爸和一个妈妈。我是家里最小的一个,丹尼是大哥,接着是吉姆,约普是我最小的哥哥。丹尼比吉姆大一岁,约普跟吉姆差两岁,丹尼比我大十岁。作为家里最小的孩子和唯一的女孩,我总是感觉到特别美好,因为这些哥哥,我也变得强大起来。

只要我不高兴了,就去找大哥丹尼,他总是那么温和。丹尼在一家银行工作,在我生病前辞职了。从那些数据和金融信息中,他找不到满足感。于是他决定搭飞机去印度,到那里做志愿者。据说,他跟一起工作的印度人相处得就像一家人。丹尼原本打算飞回印度,却因为我的病退了机票。只要一天情况不明,他就跟我和妈妈住在一起,直到一切明了,他才搬去独立的住处。

二哥吉姆是个军人,他是三个哥哥中最帅的,他高大健壮,身材超级好,那健美的体形不管穿什么衣服,都好看极了。他的脸轮廓分明,走到哪里都是焦点,很受女孩子欢迎。他来医院看我或是在其他场合见面时,每当我亲他的脸庞跟他告别,总能吸引众人的目光。这时,我就装作没看见。挥手告别前,我又在他脸上亲了一下。

三哥约普也是职业军人。第一次从阿富汗回来后,就跟女朋友住在了一起,已经有些日子了,他们仍然幸福地住在一起。约普一直认为,爱情就是爱情,别弄得太复杂。约普的体能和精力都很充沛。最近他又要被派往阿富汗了。我们每天都发短信,告诉对方自己过得怎么样,生活是多么美好。在这个大家庭里，我感觉很幸福。我们随时可以找对方，同时又都有自己的生活。

我知道那个肿瘤不乐观，因为一个星期之内能做的检查我都做了。但我还是充满了希望，那个巨大的肿瘤不一定是恶性的。星期五做完胸透，我累极了。幸好医生也有周末，各项检查在下周二才会继续进行，我终于可以喘口气了。

因为还不确定肿瘤是恶性还是良性的，我的肿瘤医生冯医师建议我做个穿刺。一周后的穿刺手术是我第一次"真正"的治疗体验。我和妈妈还有丹尼开车去格罗宁根，到了那里会有医生给我做切片检查，之前我会被轻微麻醉。我不知道上个星期检查时我究竟是怎么想的，可就在我要上穿刺手术台时，心里猛地一惊。我被麻醉的时候妈妈和丹尼会在哪儿？我睡着的时候他们又在哪里？事后看，一切都再正常不过，可当我一个人躺在手术台上的时候，产生了一种强烈的感觉，这种想法将在接下去的日子里，甚至是我的余生都让我受益匪浅：以后的路绝大部分都要我独自走下去了。其实我在潜意识里早就想到了这一点，不过在那一刻这种想法一再被放大——**未来的治疗之路，还有我的余生都得由我独自走下去了。**

改变极速而来，一个接着一个，一天一个样。对于我身体里潜在的癌症，情况已经变得越来越清晰。面对这样的情况，就得灵活应变。对我来说并不难，因为我别无选择。在那几个星期里，我们试图在希望和绝望、健康和疾病、乐观和悲伤、现在和未来、永恒和瞬间之间寻找平衡。等待让我失去勇气，让我觉得自己好无力。我对生命的掌控力究竟去了哪里呢？

穿刺手术结果出来的前一周，我时常早早醒来。在半梦半醒间，世界看起来好清晰。真实世界好像消失在一个五彩斑斓的幻境里，我真希望可以永远停留在这时刻。因为每当这时，弥漫在我身边的悲伤、痛苦就会暂时消失。但是不久后我就会醒来，我还是那个劳拉，还会做梦。整个星期，我像是坐在一列急速飞驰的火车里，可有时候车开得特别慢，我想尽快知道情况究竟怎么样。

这一周，我第一次学会了妥协。等了好久，检查结果还是没出来，我必须学会压制掌控欲。一天晚上，我对丹尼说："我已经不在意结果如何了，只要有电话来，坏消息总比没消息好。我很不善于面对模模糊糊的情况，只有情况明了，我才能接受眼前的一切。"

在接下去的几周里情况仍旧很模糊，检查结果还是没出来。尽管我有预感，可还是尽量享受生活，经常跟身边的人聊天。我跟爸爸妈妈彻夜长谈。他们有两方面的担心：一方面是他们可能会失去我，另一方面是害怕我要承受很多疼痛。父母都希望看到自己的孩子幸福健康地成长。我总觉得这种想法很矛盾，人是在困境中长大的。**在人生最低谷的时候，才能学到最深刻的哲理**。我不害怕，不过完全可以理解他们此刻的感受。

"劳拉，我好想替你来承受这一切。"一天下午，爸爸突然对我说。

我吓了一跳，连忙说："千万别，我可不希望你生病，这可不是解决问题的办法。"

"唉，我也知道这不是解决问题的办法，可我就是不明白，怎么偏偏就你得了这个病呢？为什么就不是我或者其他人呢？"爸爸不断地提这些假设性的问题。

"爸爸，你这么说也太对不起自己了。可不能乱说话哟，也千万别把我换成你了。再说了，经历了这些，我会变得成熟坚强。病痛会让我成长，现在也许还看不出来，不过一切都会好起来的。"

等待结果的日子里，我照常去学校。坐在教室里上课，总有种格格不入的感觉。暑假过后应该是忙着抄课表、翻阅新书、期盼新学年的时候。以往这时，我会兴奋地把黑板上的字全都抄到笔记本和日程表上。我一直是个好学生，什么都想知道，那时跟现在的情况大不相同。社会学课上，我坐在朵林旁边,一会儿听课,一会儿聊天,同时,思绪渐渐沉入我做的那个梦里。我从来没细想过六月里做的那个梦,突然有了一种跟时光赛跑的感觉。原来生命里的这一刻我早已预见,它是在发现胳肢窝下面的那个肉瘤前做的。其实那时候肿瘤就已经长在我的身体里了,只是我还不知道而已。

"朵林,"我小声说,"你能跟我一起去理发吗?"

"为什么呀?"她瞪大眼睛看着我。

"在我的头发全都掉光前,我还想再去剪一次头发。"说到这儿我停了下来,过了一会儿又接着说,"迟早都是要掉光的,趁现在还有机会,剪个好看的发型。"我试图用开玩笑的语气说。

"劳拉,"朵林小声冲我说,"你不会得癌症的,真的不会,没事的。"

"嗯,不过要是我真得了癌症,你愿意跟我一起去吗?"

"到时候再说,好吗?"

▶ Dinand Woesthoff《Dreamer》

没有退路的时候，
怎么走都会是前进

就在昨天，
一切烦恼看似还很遥远。

——The Beatles《Yesterday》

穿刺手术的结果迟迟不出来。这期间肿瘤医生打电话来说他们还需要多一点时间来研究我的骨髓组织，因为我的情况和以往的病例都对不上号，所以研究还得继续进行。又过了几个星期，医生终于打来了电话，让我们第二天去格罗宁根医院。去医院的路上，我和爸爸妈妈一起坐在汽车里，有他们陪着我，感觉很好。汽车在路上行驶，离医院越来越近。肿瘤医生已经知道我的生活和未来会是什么样的，而我却一无所知。我正坐在一辆通向未来的车里。不用一个小时，我的未来就会发生翻天覆地的变化。

医院的门诊部对我来说已经成了老地方。我们跟肿瘤科的秘书打了个招呼。在过去短短的一段时间里，我们已经跟她见过好几次面了，我想将来也许会更加频繁。她从办公桌后面走了过来，把我们带进了一个房间，房间里没有病床，也没有窗户，只有五把椅子，围着一张桌子，桌子上摆着一台电脑。一切都显得死气沉沉，这间屋子似乎是用来专门汇报终极坏消息的。再过几分钟，冯医生就要来了。在这几分钟里，我们没怎么说话。仅有的那几句也是为了打破沉默，缓和压抑紧张的情绪。到现在，什么话都是多余的。几分钟后，有人会告知我们我的未来是什么样的，而这也牵涉到爸爸妈妈的未来。

在接下去的半个小时里，我从一个十五岁的健康的女孩变成了一个病得很严重的人。我得的癌症很罕见，叫作间质软骨肉瘤。像我这种年龄很少有人得这种病，就算对年纪大的人来说也不常见。

"我不确定化疗有没有用，也只有时间能证明了。我甚至不知道自己能不能帮到你，不过我们一定不会放弃，我们希望你能活到八十岁，就跟健康人一样。"冯医生一字一句地说。

"你当然能帮到我，再说了，我还不会死，现在说这个也太早了。"我强装镇定地说。

之后我们还谈了些别的事情。治疗一旦开始，就要先进行四次化疗，每次化疗会持续三天。化疗后还要做一次扫描，然后就进行手术。手术中肿瘤会被尽可能切除。手术后，根据化疗效果，再决定还要进行多少次化疗和放射治疗。我可以马上开始治疗，也可以去别的医院再做检查，我选择了前者。从见到冯医生的第一刻起，我就对他和他真诚的态度充满了信任，他把情况毫无保留地告诉了我。我毫无反抗地接受了那条即将要走的路，因为我别无选择。就这样，我们结束了谈话，约好近期联系。护士拿了一些头巾和假发的广告给我，开始掉头发的时候就用得上了。

她说："用不了多久，化疗实在太厉害了。"

我匆匆看了几眼，那个世界现在还不属于我，不过很快就会变成一件自然而然的事。

"谢谢，我会看的。"我小声说。我们跟医生护士告了别，站在原地，抱住彼此，大哭起来。我并没有特别难过，爸爸妈妈眼里的悲伤，比我自己的病更让我难受。他们的心碎了一地。

回家的路上很安静，车里的每个人都把路过的风景涂上了自己心里的颜色。我给奶奶和几个朋友打了电话，叫哥哥们晚上来吃饭。我并没有把真实的消息在电话里跟他们直接宣布，这不合适。回去的行程很快，车已经开到了城里。我看见人们推着购物车从超市里走出来，看见有人穿着西装刚下班正要回家，看见一个怀里抱着宝宝的妈妈正要过马路。我难过地想：一切都照常进行，除了我。在今天下午的那个小小世界里，我们没有意识到外面的这个世界。一滴眼泪从脸上滑了下来，我仍然待在那个小小的世界里。

接下去的几天过得特别不真实，生活就像被一层不真实的雾气笼罩着一样。虽然冯医生说过我不一定要选择他的治疗，爸爸妈妈和我则早就决定我们一定会选择他来做我的主治医生。我们都很信任他，在这样的情况下，这也是最好的选择了，于是我决定尽快开始化疗。还有一个星期化疗就要开始了，健康的日子就要过去了。这一刻，我已经不能全身心地享受生活了，未来的路再清晰不过。除了那个有着生命危险的肿瘤，我身体的其他部分还是挺健康的，可精神上的压力让我无法彻底地投入生活。

化疗一开始，我的味觉就会减弱。趁着还有几天，我和丹尼去吃墨西哥菜。我还去了趟海边。每次到那里，都感觉很舒服。我在沙滩上奔跑，强烈地感受到自己还活着。我跑啊跑，直到喘不过气来。风吹乱了我的发丝。趁现在还能跑，我一边奔向大海，一边想，不知道现在能做的事将来还行不行了。我把那头金色的长发染成了红色。我一直想要一头红发，却一直不敢。我享受着现在还算健康的自己，拼命吞维生素片，感觉它们会对化疗有帮助。

过去，我是家里的小太阳，是身边每个人的力量来源。我觉得自己很有力、很强壮，相信自己一定能闯过这一关。这只是生命中的一小段，我不会因此而跟这个世界告别。我不会死的，我会抗争下去。我的脑袋里只有两个概念，一个是不要死，另一个是抗争。**我要为自己抗争，为我的父母、哥哥、朋友们和身边的所有人抗争下去。我坚信自己会永远坚持奋斗下去。**为了自己，为了我的生活，我的未来，我的梦想，我的爱情，我的光明，以及生活中的一切，没错，我会抗争下去。做一个健康的阳光女孩，是很幸福的事。

▶ The Beatles 《Yesterday》

生病本身就是一个让人成长的过程

光明会指引你回家,
温暖你的骨头,
我将尝试安慰你。

——Coldplay《Fix You》

化疗开始的前一天,我去医院里"报到",分到了儿童肿瘤科的一个床位。走进房间,我吓了一跳。三个光头小朋友直愣愣地看着我,苍白的小脸上挂满了笑容。邻床年纪跟我一样大,在医院的第一个晚上是她陪我的。

"晚上睡觉我会戴个眼罩,因为这里白天黑夜都很亮。"说完她便掏出了一个粉色的眼罩,告诉我她的脸得了一种非常罕见的癌症。

"其实我还挺高兴的。要是这病很常见,所有人都会试图给你这样那样的建议,因为他们的邻居阿姨或者某个家人也得了这种病。而现在我就不用面对这样的问题。"

我想:这倒也是一个看问题的角度。

这样看来,得个罕见的癌症还是有一点好处的。我问道,"出去的话你头上都戴什么呢?"她拿出了一顶假发——一顶美丽的金色卷发。我也把自己几天前从城里买的毛线帽拿给她看。她告诉我她生病的经历和接受的化疗，让我别担心。她并没有一再强调一切都会好的，而是让我感觉到很多年轻人都跟我一样。

最终，这一天还是来临了。在下午的化疗开始前，我被全身麻醉，一个中心静脉仪被植入体内，看起来就像一个有孔的硬币。"硬币"被放置在右边胸部的上方，脖子的下面，从外面还能摸得到。一根管子从"硬币"延伸到心脏旁边的一根血管，这一切都是在为化疗做准备。这一步很重要，否则在一次又一次的注射后，我的血管就会破裂。若是化疗药剂不小心漏出来，还会灼伤我的皮肤。等我从手术室出来，躺在床上，化疗就要开始了。哥哥、爸爸和妈妈都围在床边，窗帘紧闭，中心静脉仪要开始工作了。

"开始吧。"我躺在床上看着他们，勉强挤出了一丝笑容。我是唯一一个在笑的，其他人都一脸阴郁。

手术后的疲劳和化疗反应，让我一下子意识到自己病了。

化疗开始前的一周，听到冯医生说他不确定我会不会好起来，我还很想笑，现在却觉得那个想法很真实。

如今一切都不在我的掌控之中了，只有未来能证明我会不会好，能不能活下来。一个还未经受化疗的身体让我的精神过于自信，现在我明白自己病了，而且还病得很严重。之前我只意识到了未来的一部分，我以为自己还可以去学校，而此刻却意识到这几乎是不可能的。我完全不知道化疗究竟意味着什么。这样也好，不然我就没那么自愿地接受治疗了。我以为猛吞维生素C和保持积极的态度就会增强我的抵抗力，可事实却大不如我所想象的。化疗开始的一瞬间，那股跟病魔抗争的精神便化为灰烬。

化疗开始的第一周，我的身体，尤其是精神状况发生了巨大的变化，这变化翻天覆地。之前我还以为自己能跟疾病抗争，而现在却觉得应该妥协。

这一周，我对自己的身体完全失去了控制，虚弱至极。上个星期我还对治疗信心满满，但从治疗开始的那一刻起，死亡似乎就在眼前。我曾经是那么坚强，现在却已经不确定自己是否可以战胜这场病。想要战胜病魔的这个想法，等到自己身临其境，才知道是那么不切实际。

人怎么可能与疾病抗争？究竟什么才是抗争？是坚强还是脆弱？是努力康复还是屈服？如果我唯一能做的是向一切屈服，又怎么为自己的康复斗争？

化疗就像一个吸收能量的机器。一个健康充满活力的身体几秒之内就成了一个虚弱的躯体。在化疗后的那几天，我变得更虚弱、更不舒服、更瘦小。身体里的每个细胞好像都在奋起反抗。

爸爸妈妈全身心地照顾我，这对他们来说也是个巨大的变化。精神上的支持还不算辛苦，我们一直都默默支持着对方，有时身体方面的照顾多少会有些尴尬。爸爸拉上了房间里的窗帘，把水桶放在椅子上，准备给我洗澡。在过去的几年中，我的身体发生了很大的变化，我们好久都没赤裸裸地看着对方了。究竟是多久呢？五年？可能不止。一个孩子多大了才能自己洗澡？五岁？在妈妈家洗澡，我从不关门。洗完了也不关水，叫一个哥哥过来接着洗，哥哥也就全身赤裸地走进去。通常情况下，我还要刷个牙。这一切再自然不过。后来去一个朋友家，看到她上洗手间也要关门我就想笑。这样的情况在我们家从不发生，我们家浴室门有没有装锁还是个问题。从十二岁开始，在爸爸家，我总会把浴室门锁上。也许是因为我觉得本应如此，也许是因为我得适应自己渐渐丰满的身体。总之，距上次爸爸看到我全身赤裸的样子，应该已经很久了。就在我的羽翼日渐丰满，要飞出巢穴时，又回到了爸爸妈妈怀里。我已经展开双翅，双脚几乎就要离开地面，但事与愿违。这会儿还要爸爸给我洗澡，我俩都多少有些尴尬。我没能离开巢穴边缘，回到了原地。

接下去的一个星期，我吃什么吐什么。最后我决定只吃酸奶，因为吐出来的味道比胃酸要好闻些。五天后，我变得更加虚弱，除了睡觉什么都做不了。因为不停地呕吐，我一下子瘦了十六斤。做什么事都会消耗能量，而我已经没有什么能量了。曾经浑身充满力气，现在一切都消失了。我的身体不再是个软绵绵的枕头，成了一副硬邦邦的骨头架子。现在我只有84斤，无时无刻不觉得冷。

化疗后的第五天，一个护士来看我，妈妈坐在我旁边。我听见她小声对妈妈说："这样下去可不行啊。"

"我知道，"我说，"有什么办法能让我把东西吃下去吗？我现在一点力气也没有。"最后我们认为鼻饲是最好的办法。

"今天晚上可以吗？我知道现在已经很晚了，如果可以的话，至少我的身体又能获得些能量，越快越好。"我坚定地说。虽然我极不情愿把一根管子插进鼻孔里，不过身体重新获得能量，至少能让我松口气。我全身瘫软，虚弱极了。护士去跟医生商量了一会儿，回来后，把我连床一起推进了诊疗室。

"你也可以自己来。"护士说。我摇了摇头，闭上了眼睛。液体被灌入了我的体内，其实还可以，没想象中那么难受，也没让我的脸变得很难看。我突然意识到，虽然鼻子里插着一根管子，自己看起来还是挺有女人味的。

几天后，我又能自己坐起来，甚至还能站上一小会儿。虽然我已经没什么分量了，但双腿还是几乎不能承受我的身体。不过我还是很开心，为能站起来而高兴。这是怎样一个世界啊，在化疗开始前的一个星期，我怎么都不会为此感到惊讶。现在看来，如此简单的举动都能令我开心起来。

王子日（每年九月的第三个星期二是荷兰每年一度的"王子日"，也是荷兰每年最重要的政治活动。）那天，我看见女王在电视上演讲。这是化疗后我第一次能接受外界信息。手机短信响起，是丹尼。他说，"嗨，光明会带你回家，而我会试着修复你，亲亲。"从那一刻起，酷玩乐队的这首歌就时常回荡在我的脑海里，也时常在 iPod 和 CD 机上单曲循环。

哥哥们在工作之余尽可能抽空来看我。约普给我带来了一只巨大的泰迪熊玩偶。住院十天，前三天都在化疗，现在我终于可以回家了。我想念自己的床，想舒舒服服地洗个澡，再好好吃顿饭，医院里的饭根本连看都不能看。

在我到家的那一刻，一切突然变了：我变了，那个熟悉的家也变了。我发现自己什么都做不了，因为身体里的能量都被抽空了。我总是很疲倦，情况跟以前大不相同。过去，晚上十点前我是家里精力最充沛的，而现在，大多数时间我都躺在床上睡觉。从第一次化疗开始，每晚七点半哥哥就把我背上楼，因为我自己已经没力气爬楼梯了。**在家的日子里，我尽量去享受一些小事，它们是我在医院里经历不到的"奢侈"，比如去屋外透透气，坐起来看看电视。**

最近我总是穿裙子，躺在床上的时候舒服点。一天早晨，妈妈给我穿衣服，从衣橱里拿出一条裤子来。生病以来，我第一次穿上最爱的萝卜裤。我把手塞进袋子里，发现了一张购物单。对别人来说也许这张单子算不了什么，可对我来说意义重大。它见证了一段变迁——时间的迁移。单子上写着各种各样的东西：西红柿、黄瓜、浓汤宝、苹果、大米。整张单子却暗示着我曾经的生活，我很喜欢做饭，要是看到什么诱人的菜谱，就会跳上车去超市。就这样，一张随意的购物单突然成了见证我生命转折的象征，真是不敢相信人的精神可以变化得这么快。化疗的那一周，我的健康状况急转直下。虽然身体很虚弱，精神倒还行，尽管事实可能并非如此。在这么短的时间里，我就成了一个癌症病人，而感觉上一切还跟从前一样。不犯恶心的时候，感觉就跟从来没犯过恶心一样。这很奇怪，不过就是事实。

"妈妈，我总觉得自己撑不过这一关。"我躺在床上说。自从我回到家里，我的床就摆到了客厅里。妈妈站在旁边，我不敢看她，我很难用语言表达出内心的感受，但还是接着说：

"我以为康复是件很容易的事，可现在才明白自己真的病得很重。"

从那一刻起我就时常想到死亡。

我又想到几个月前做的那个梦。在梦里我跟理发师约好时间，然后叫上朵林一起去理发。现在我真的给理发师打电话了，朵林也跟我一起去了。

出院后过了几天，我们来到理发店，丹尼把我背上楼。头发已经开始掉了，是时候剪个短发了。我选了一个漂亮的发型。不管我现在是要一头金色的、酷酷的、干练的又不失女人味的短发还是男孩子式的发型，都可以。我和朵林一起挑了个好看的发型。我那头红色的长长的卷发掉到地上，就这样，我从长发变成了短发。头发一缕缕往下掉，我对短发的偏见也随着掉落的长发消失了。过去几年里，女性固有的形象在我心中渐渐形成，那些形象大多是在媒体、朋友和我自己的想法的影响下形成的。完美的女性要有金色的长发，没有一丝疤痕、极其匀称的完美的身体。原来我非常反对剪头发，那长长的发丝是我身体的一部分，是我女性特征的一部分。而现在，我意识到把头发剪短是迈向秃头的第一步，而光头是癌症病人的典型形象。我再也不能回避自己得了癌症这个事实了。

那头短发看起来女人味十足，我觉得自己很美、很自由。

在接下去的日子里，大把大把的头发掉一地的问题算是解决了。

我的头发是短了，可我在家里平静的生活却被打乱了，因为我发烧了。发烧是化疗期间的并发症，可能会有危险，我的免疫系统已经无法打败体内的病毒了。我又热又困。

夜里，妈妈和我开车去斯沃勒，那里的社区医院离家比较近。我们到的那会儿，爸爸已经站在停车场等候。

"嗨，宝贝儿。"只见他一脸严肃的样子。

"嗨，爸爸。"我悲伤地应答道。我们都知道这将是医院生活的开端，在未来的日子里会经常发生这样的事。而眼下，一切都还那么陌生。到了急诊我们很快得到了帮助。一个儿科医生已经在等着我们。血检后，医生发现我的免疫力很弱。从那天晚上起，我要连续注射三天抗生素。药物必须通过中心静脉仪输入体内。我来到了一个破破烂烂像是马上要被推倒一样的小房间里。地板破了，厕所也很脏，跟家里的差距也太大了。晚上躺在床上看电视，我还为自己躺在医院松了口气。看来我已经病得太重，不能住在家里了。

一天过后，有人送了一本书给我，是马腾·范德怀德的《康复》。我那最后一丝抗争和康复的信念消失殆尽。虽然在第一次化疗后我对抗争已经不再抱有强烈的幻想，可在看完这本书后诸如此类的念头就完全不见了。就算顺利做完所有的化疗，我还是有可能活不下去……一开始，我以为只要对化疗说了"我愿意"，就等于对生活也说了这三个字，可事实并非如此——就算我愿意进行化疗，生命也可能脱离我所期待的轨道。马腾把我的想法用大师的笔调写了下来。得知很多人都跟我有着类似的经历，这对我来说是一个强大的支柱。

他的书里有一整节都在讲保持积极的态度，为与死神的斗争而奋斗这样的词经常出现。其实，对一个人说要为身体的痊愈而奋斗还是挺奇怪的，就好像那些没有痊愈的人奋斗得还不够似的，尽管马腾并不是这个意思。就这样，在康复过程中，病人有了一种责任感。可逝去的人就没有在治疗过程中拥有足够的责任感吗？生病了，就只有生命才是最要紧的吗？

我觉得，要说赢，也只能谈到个人的成长，**生病就是一个能够让人成长的过程**。现在会不会死，时间有没有到，谁都无法预料。**在那一刻唯一的胜利就是成长。**

▶ Coldplay《Fix You》

与命运斗争，
你需要坚持

就这样，你闪耀如光！
你的笑容就像阳光一样灿烂。

——James Blunt《Shine On》

爸爸来医院看我，带来了自己做的意大利面，他说："这是我昨天晚上做的，还特地多加了些辣椒。"他知道因为化疗，我的味觉退化得很快，吃辣的菜我至少还能尝出点味道来。

"你们昨天晚上也吃的意大利面吧？"我问。

"没有，就是土豆，这是我晚上九点钟做的。"爸爸把意大利面放进了微波炉，然后坐在我身边，看我津津有味地把面吃完。

"看，爸爸。"我抓出了一束已经脱落的头发。爸爸皱着脸说："快住手。"

"头发掉得还挺快的，"说完我又抓出了一束，"我就想知道自己什么时候会变成一个秃子。"

在斯沃勒输了四天抗生素后，我又回到了家里，头发掉得越来越快。我经常用手去扯，不过有时候头发也会自然脱落。

当我看着镜子里急速变薄的头发，觉得自己不如以前漂亮了。我想让自己变得性感，所以坚持不戴假发。不用多久我就会变成秃子了，所有人，包括我自己，都要接受那时候的我：一个秃子。我感觉自己还是挺有女人味的，因为我终究是个女人。我内心意识到，女人味和头发其实没什么关系。

尽管如此，头发被真正剃光那一刻的感觉实在太糟糕了，就像电影里的情节，一点没差。头发没了，我突然变得很脆弱，同时也变得越发容易感动并比以前更加坚强。两周前，我还在学校里上学，而现在却坐在花园里剃头发。虽然头发还没掉光，我还是把它们全都剃掉了。我不想再看到头发掉落的场景了，会让我变得不自信，变得脆弱。丹尼帮我剃的头发。渐渐地，那头短发消失了，散落一地。我流泪了，通过窗户的反光，我看见丹尼仍在继续，而我却泪如泉涌。我对于女人味原本的理解跟我的头发一起掉到了地上。我从没这么强烈地感觉到自己是一个女人。我的头发不再是决定我是否有女人味的因素了。剃完了，我小心翼翼地走向走廊里的镜子。看着镜子里的自己，我又哭了。那一刻我唯一能做的就是哭。我看见自己光秃秃的脑袋上残留着几簇发根。我的目光向下滑去，在大约与胸部等高的部位看见了一道疤痕和一个大大的、凸出来的、圆形的"硬币"，那是中心静脉仪，化疗药物就从这里进入我的体内。那一刻我彻底看清了我的身体目前为止受到的所有创伤。仅仅两周，它就完全变成了陌生的模样：遍体鳞伤。我站在镜子前不停地哭，试图在镜子里找回原来的我。我第一次真正意识到自己已经是个癌症病人。

丹尼来到我身边，轻声说："你真漂亮。"

吉姆也来了，把我抱起来，将我的脑袋贴着他的脑袋。

"嘿哟，妹妹，你可真性感。"说完便亲了我一下。

在接下去的几天里，只要我一照镜子，还是会吓一跳，因为我还没完全适应镜子里的那个画面。镜子里的自己看起来是那么脆弱。现在我脑袋里的那个癌症病人的特征算是完整了：生病、癌症、化疗、光头，那些我曾以为是电影里夸张的表现情景，原来都是真实的。

朵林只要有时间就来看我，一个星期已经来了两次，今天她又来了。自从头发被剃光，我还没见过她。因为在家里，我就没戴帽子。我们互相抱了抱，便在沙发上坐了下来。

"你觉得我看起来怎么样？"我问。

"这么光，我还得适应一下，不过你看起来气色还挺好的。"朵林说。

医院里流传着一些故事：如果化疗后头发又长回来，头发的颜色可能会变得跟之前很不一样。有个原本长着黑色卷发的人变成了金色的直发，病友们都相信这个故事是真的。

"我希望新长出来的头发跟你的一样漂亮。"我一边看着朵林那头漂亮的红色卷发，一边说。

我跟朵林不是一起玩电玩，就是肩并着肩躺在我的床上，要不就一同吃薯片、看电影，再不然她就会给我发邮件。在邮件里，她给我讲她的世界，那个外面的世界，那个已经不属于我的世界。她用词句把我重新带了进去，我敢打赌朵林会成为一个作家。她给我讲一些无聊的事情，比如学校，也给我讲关于康复、痊愈的故事。还告诉我她对生活的领悟，在骑车回家的路上脑袋里盘旋的一首歌，跟我讲绝望和希望，讲爱情和爱人。在其中一封邮件里她写道："我很想你，尤其是在学校！不过这没什么，你能好起来比别的事情重要一千倍。在社会学课那孤单的几小时里我也没有忘记你哦，历史课上也一样，我用无声的存在来逗自己开心。艺术课上我也一个人做手工。你同情我不？"

我给她回邮件，给她讲我的领悟，那些对于在寂静中仍在运作着的身体的领悟。我告诉她自己是多么爱她，她对我来说是多么重要。我告诉她我是多么希望自己好起来，可我不知道还有没有可能。我不断问自己：每个人都能痊愈吗？我感谢她给我讲的学校里的那些事，这样课堂对我来说还不至于变得完全陌生,想来我已经好几个月没去学校了。虽然我很想去上课,可这完全不现实。现在我就算去趟离自己只有三米远的洗手间也要费好大力气,所以在未来的一段日子里,我是不会去学校的。去完洗手间,我精疲力竭地躺在床上想:**生病其实也是一种学习。**

▶ James Blunt《Shine On》

上帝会收到你的来信的

此刻黑夜似乎不会退去,
但太阳即将升起,
将一点点照亮你的心房。
亲爱的,放下肩头的重担吧。

——Jon Allen《Lay Your Burden Down》

新的一轮治疗，就意味着新的机会。

医院里有两条"主干道"，所有科室都在这两条"主干道"上。儿童肿瘤科在其中一条"主干道"的尽头。我们第一次去格罗宁根的门诊部时，邓医生告诉我们在大门街上就能找到儿童肿瘤科。不知从何时起，我们闭着眼睛也能找到门诊部和大门街，就是我的腿时常不大愿意配合。

第二次化疗就要开始了，我内心特别抗拒。对我来说，从下车走到儿童肿瘤科都要费好大力气。在医院里，时常有孩子坐在轮椅里，爸爸妈妈推着他们走向门诊部。我跟妈妈说好，每次做化疗我都要自己走着去。上个星期我已经在室外走了一小会儿，训练小有成果，我在妈妈的搀扶下走到了门诊部。就这样，我们保持着积极的态度，争取过好每一天。

跟上次相比，这次的我似乎变成了另一个人：头发都被剃光了，门诊部里有着熟悉的面孔，我已经渐渐适应了这样的情景。中心静脉仪准备就绪，只要见过冯医生，化疗就可以开始了。

"最近感觉怎么样？"我们来到了一间诊疗室里，冯医生问。

"不错，精神还挺好的，新一轮的化疗又可以开始了。"

"如果我问是不是跟第一次化疗前的感觉一样好，你会怎么说？"我惊讶地看着他，想：情况时好时坏。在过去的三周里，我每天八点钟上床睡觉，再就是精力大大减退。

"不，不怎么好。不过和第一次化疗相比，我现在感觉好极了。"

"你看起来精神不错。"

这句话在我生活中出现的频率越来越高。太阳把我的脸蛋变成了雀斑的天堂。说实话，剃个光头还挺好看的。我的头型很好看，没有坑坑洼洼。我总戴着一顶白色的毛线帽，很多人都说好看。

几项检查过后，第二次化疗就要开始了。我拿起小箱子，走向了儿童肿瘤科。这次是单人间。这样我就不会受电视的干扰，能安安静静地躺着了。

化疗开始一个小时后，我收到了朵林发来的短信，她问能不能来格罗宁根看我。我叹了口气，我的好朋友们都想在这种

生活会让人们放射出
无限的光芒。
我的光又亮了。

记忆给了我能量，让我能够应付那些不顺利的时光。

这些幸福的瞬间我永远都不会忘记。它们对别人来说也许就只是习惯；对一个生病的人而言，比如说我，却无比珍贵。

生活，
即使再艰难，
也有她美好的一面。

我们和生活并不是
脱离的两部分,
生活是我们的一部分。

我坚信自己会永远持续奋斗下去。为了我的梦想,我的爱情,我的光明,以及生活中的一切。

生活之所以美好，
是因为我没有用消极的态度
来看待生活。

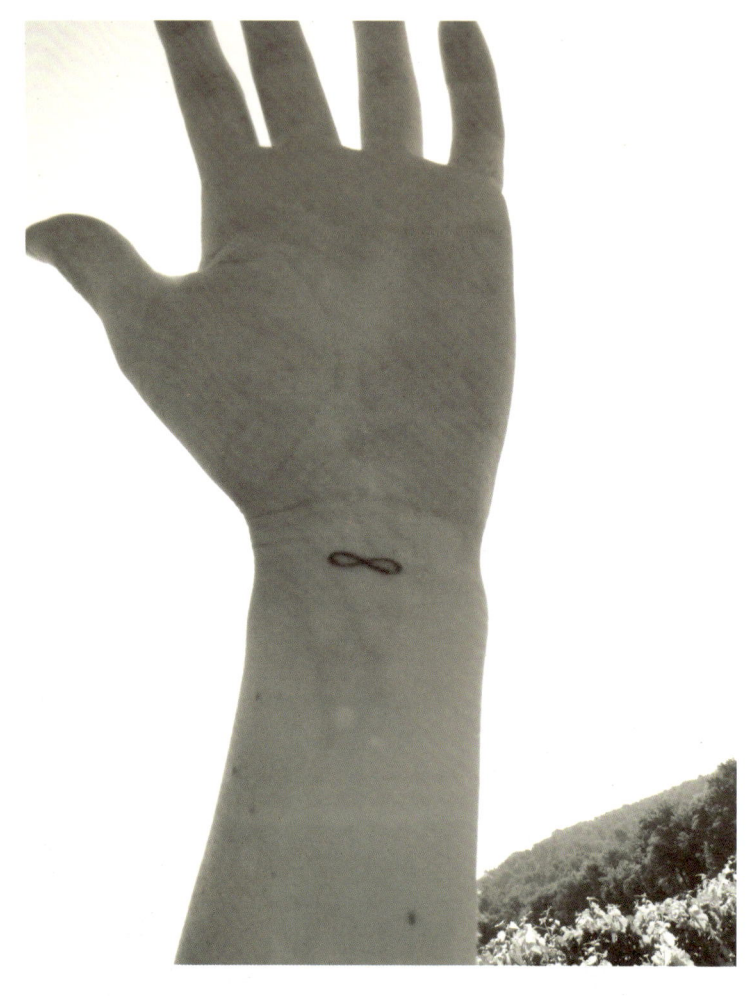

我意识到癌症使我变得富有,让我明白生命里的方方面面都有自己的价值。

时刻陪着我。

我给朵林打了个电话，打完招呼后，我说："最好还是不要了，去趟卫生间对我来说都是体力上的挑战，几乎让我精疲力竭。不过也没别的办法，等我回到家里，我们再见面吧。"

"可是我想陪着你，就算你吐也没关系。"朵林说。

"我知道，可我现在不想见任何人。"我说。

在格罗宁根的日子是由注射管、爸爸妈妈和哥哥们陪我度过的。

三天后，我可以回家了，身体变得跟几个星期前一样脆弱。七点半，丹尼准时把我扛上楼，放进被窝里。

夜里我醒了过来，直犯恶心。就在我感觉到无比虚弱的那一瞬间，呕吐物涌了上来。我把身体探出床，吐了一地。

门开了，丹尼站在门口，无声地坐到床边，轻轻地拍着我的背，而我还在一个劲地吐。差不多吐空了，丹尼站了起来，轻轻地走下楼。我慢慢地躺了下去，只见丹尼拿着一块抹布和一桶水走了进来，一声不吭地清理地上的呕吐物，每一个动作都充满了爱意。清理完就走了出去，然后又上来，坐在了我的床边。

"对不起，我不想吐在地上的。"我说。他做了个"嘘"的动作，亲了亲我的额头，小声说："小美女，睡个好觉。"

早晨，妈妈来到了床边，问我想吃点什么。我在格罗宁根做化疗的时候，妈妈进行了大采购，买了好多好吃的。由于虚弱的身体和退化的味觉，我不知道该选什么好，于是就要了一块饼丁和一杯有机牛奶。妈妈把牛奶和饼干拿到了床边。尽管发生了这么多事，我们还是努力享受那些宁静的片刻。以前我经常跟妈妈一起吃早餐。哥哥们都去学校了，得骑好一段路才能到学校。我和妈妈就一起享受早餐的时光。我们经常吃饼干拌巧克力酱。后来随着我年龄的增长，便开始主导早餐的内容，于是餐桌上出现了果汁泡麦片、煎香蕉、豆浆泡杂粮、酸奶松饼、焦糖烤面包，还有水果奶昔。要是碰上心情好的时候，我还会把早餐拿到楼上，这样妈妈就不用特意起床了。妈妈是一家医院的护士长，经常工作到深夜。现在呢，换成妈妈拿着早餐上楼来哄我开心。吃完最后一口，妈妈试着把我扶起来，打开淋浴，我坐在床上脱掉了衣服。热水淋到身上，好清爽，这好像是我从小到大洗得最舒服的一次澡。做化疗的时候我是不可以淋浴的，在医院里，我就只能用盆洗。此刻这流动的水好像足以让我变成一个崭新的、富有活力的人。当我把专门用来洗卷发的洗发水往头上抹时，不禁笑起我的健忘来——我忘了头上已经没有头发这回事了。我关上水，今天要穿的裙子就放在浴室旁边的椅子上。

第二天晚上，约普抱我上楼睡觉。睡衣已经穿好了，他只需要把我背上楼。约普故意跟我和我的病保持距离，因为没多久他就要去阿富汗了。他亲了亲我的额头，抱我起来的时候，瞪大了眼睛。

"天哪，劳拉，你怎么这么轻？为什么不输营养液呢？"他问这个问题的时候声音一直在颤抖。

"我不想鼻子里总插着根管子。"我试图为自己辩护。他把我抱上楼，放进了被窝里，在我额头上摸了摸，就又下楼了。

在家待了三天，我又因为发烧住进了斯沃勒的医院。自从化疗以来，我的味觉就变得奇差无比。我拼命往面包饼干上抹辣酱，就为了能尝出一点食物的味道来。爸爸妈妈轮流来陪我，经常给我带来各种各样好吃的：蛋糕、辣味小吃、薯片、饼干。总之，能量越高，脂肪越多越好。

尽管如此，五天后医生来给我量体重，结果还是不乐观。他说："看来光靠吃这些食物不行。我们有能量奶昔，你可以试试。"

我的脸揪了起来，那些奶昔就能量来说还不错，可那味道绝对不适合化疗的病人。

"不然就又得用营养液了。"

"那我多吃一罐薯片。"我坚定地说。

我们研究了一下一罐薯片的能量，跟一杯奶昔的能量差不多，太好了，我可不想再往鼻子里插输液管了。

爸爸下班来医院陪我时，在保鲜盒里发现了一个巨大的鸡骨架。

"他们就给你吃这个？"

"嗯，恶心吧。快把盖子盖上吧，我一闻那味道就恶心。"

"好哇，他们竟然敢让儿科病人吃这个！"爸爸拿起鸡肉旁边的一根薯条，一脸苦相，说："薯条都软了。"说完便走向厨房，给我烤了个面包，夹了好多奶酪，抹了好多辣酱。

星期六晚上我一个人待在房间里。爸爸妈妈经常来陪我，可到了晚上，我得一个人睡，早上也得一个人醒来。一个人的这些时光，让我的内心获得了真正的宁静。一个人入睡让我感受到一些特别的时刻。我看着电视，渐渐地找回了自己。我把自己隐藏得很深，脑袋上总戴着一顶毛线帽。光头可比想象中冷多了，而且我的房间漏风漏得厉害。我透过窗户看着外面，这家医院真得好好整修一下了，我这么想。也许是因为在过去的八天里，这是我唯一待过的房间。我不可以出去，因为门诊里还有其他小病人。由于我的免疫力下降，或者说是因为我根本没什么免疫力,所以不可以出房间。现在是周六晚上,这让我难免有些郁闷。平常星期六晚上我都在爸爸家,我们一起吃薯片,看电影。要是在妈妈家,就一起玩游戏。而现在我一个人躺在病床上,虽然也有薯片和电视,但热闹和爱却消失了。幸好我很善于一个人独处,而这也是这段日子里必不可少的一种品质。虽然在医院的夜晚很漫长,我却从不孤独。我能全身心地享受这些安静的时刻。**独处会让人得到新的领悟,让我又有勇气去面对新的一天**。这也许听起来很矛盾,可独处真的能让我感受到无数的关爱。每到这时,我便开始细细回味白天发生的一切。治疗中的匆匆忙忙或者压力通过这种方式就全都消失了。

我打开电视,是一档熟悉的节目。主持人开了几个玩笑,把我逗得直乐,之后便开始播放歌曲。钢琴声响起,歌手唱了起来:"今天我要粉刷空气,为她上色,把她打扮得跟你一样美丽。我呼唤着雨水和阳光,轻声说没有你,我会……"

眼泪从我的脸庞上流了下来,我希望爸爸妈妈也在看这档节目。

"这全都是因为你,你的忘我,你的心深深地住在我心里,你的心跟我靠得那么近。"

我感受到爸爸妈妈对我的爱,这首歌把我这一切的情绪都牵扯起来。在这首歌里,对爸爸妈妈来说,我就是那个"你",而对我来说,他们就是那个"你"。这种牵连深深感动了我。虽然我觉得爸爸妈妈应该多给自己留些时间,但他们并没有这么做。因为他们知道我这么说是为了他们,不是为了我自己。

在斯沃勒度过了漫长的十天,我终于可以回家了。这次退烧没有上一次退得那么快,因为我血液里血小板系数太低,必须输血。输完血我明显舒服多了,这样我就能好好享受些许"健康"的时光了,虽然没几天第三次化疗又要开始了。

 ▶ Jon Allen《Lay Your Burden Down》

把每一天都当作生命的最后一天

去感受身边的事物,放手让它飞吧。
亲爱的,轻声耳语,让它灌溉你吧。

——Laura Jansen《Perfect》

用积攒下来的所有力气，我从格罗宁根医院的大门走到了门诊部。今天第三次化疗就要开始了。

当我走进医院时，迈出的脚步是那么自信。虽然对未来几天没多大兴致，但一个星期前输的血让我的身体强壮了一些，由此我的精神也好了许多。

星期天是化疗的最后一天，我最喜欢的护士来到我的床前。

"如果你喝完两杯水，就可以提前一小时回家。"在医院待的最后一天大多是用水把我的体内清理干净。这样化疗的药水就不会在我的身体里停留太长时间。我看着她，有些犹豫。

"两杯？我尽力吧，我好想回家。"半个小时后，我费了好大劲才把第一杯喝了下去。每喝一口，我就咬紧牙关躺一会儿。差不多过了两个小时我才按响了呼叫铃，自豪地告诉护士水我已经全都喝下去了。我可以提前一个小时回家了。

到了家，吉姆也在。看到他，我露出一脸笑容。吉姆拿出酷玩乐队的一张CD，我走进家门时，正在播放的是《修复》。我躺在窗前的床上，吉姆在我脸蛋上亲了亲。**这些幸福的瞬间我永远都不会忘记。它们对别人来说也许就只是习惯；对一个生病的人而言，比如说我，却无比珍贵。**

朵林也来看我了。我俩肩并肩躺在床上。床的上方挂着我的珊瑚项链，一颗珍珠就代表着一次治疗。不同的珠子分别代表手术、验血、输血和急救。门诊上的孩子都戴着长长的项链。

第一次化疗后，有人问我要不要这么一条项链。我有些犹豫，觉得这是小孩子们玩的，不过还是决定开始收集珠子。把项链拿在手上，看着过去一段日子的经历，感觉非常好，而且这还能成为我和病友们的一个聊天话题。

"让我看看你最近新添上去的珠子吧。"朵林说。我刚从格罗宁根回来，项链又变长了不少。除了在那里接受的化疗，在斯沃勒住院的那十天也算在里面。

"急诊、抽血、装中心静脉仪、输血……"我摸着项链上的珠子，不知不觉都这么长了。

这次化疗后，很是幸运：我竟然没有发烧，可以在家休养。几个星期后我要去做CT扫描，然后医生会根据扫描的结果决定我是否要接受第四次化疗或是立即进行手术。不过我要先把精力集中在眼前。十一月，在第三次化疗和手术之间，约普就要被国防部派去阿富汗了。战争不仅仅存在于我的脑海里：约普就要为了阿富汗地区的和平出发了。第三次化疗后，我又输了一次血，有力气出门去吃顿晚餐了，也算是跟约普告别。

距离第一次化疗已经有两个月了。自从生病以来，我第一次处于这么忙碌的环境中，突然想到了自己的样子。帽子是遮挡不住我的光头的，我感觉所有人都在看我。坐在餐厅里的前五分钟感觉好奇怪，不过后来却感觉到被这么多人关注是件快乐的事。

我又来到了城市里，又有了"真正的"生活。过去的几周我往返于医院和医院之间，在斯沃勒的病房里我没意识到屋子外面的地球依然在旋转，没有意识到外面仍有生活。现在我感觉到生活正在平静地继续下去。

一个星期后，在约普出发前的那个晚上，我们彼此告别。我俩都是光头，他是因为参军，而我是因为化疗。我们给那俩漂亮的脑袋拍了照片。约普就要出发了，去那个遥远的国家，那个战争地区，而他的妹妹要留在家做化疗。他亲我的时候，我想：我们俩都启动了生存模式，因为我们都面临着生命危险。跟他的告别显得特别沉重，我猜他的感觉也一样。那一刻，我身边的一切似乎都转动起来。

"思思，几个月后见了，我们都会没事的。""思思"是我小时候，哥哥们给我起的小名，具体原因已经记不清楚了。这名字从约普嘴里叫出来，有种很怀旧的感觉。

他把一只抱着小熊的大熊塞给我，说："思思，这就是我俩，加油！"约普永远是我们当中最积极的那个人。我哭了，好想留住这一刻。

跟约普告别后的那一天，我去医院做了那个扫描，看肿瘤有没有因为化疗而变小。如果真是这样，我就要在手术前再接受一次化疗。如果不是，那就要立刻进行手术。

扫描的结果很快就出来了，让我伤心的是肿瘤并没有变小，能够击败一切的化疗竟然没有对我肋骨上成年人拳头大小的肿瘤起作用。

等待手术的时间特别漫长，接下去的几个星期除了等还是等。这段日子里，我的身体会越来越舒服，因为上一次化疗离我越来越远。不过毫无保障的等待是一个非常难受的过程。在医院里也得等，一切都那么沉重。我好想知道是什么样的结果在等着我，对我而言是怎样的场景和结果已经不那么重要了。一旦拥有大把的时间，人们就会用很多时间来思考。这算是跟自己独处的宝贵的时间。我呢，不是担心，只是思考而已。比如,我究竟处于怎样的位置?

那个解脱的电话终于打来了。我也终于松了一大口气,因为我知道下一步要怎么走了。未来对我来说已经不那么重要了,重要的是我已经知道了手术的日期。12月3日,CT扫描后的一个月,我将接受手术。

那天早上我非常紧张。七点半,电话响了。

"嗨,思思。"是约普从阿富汗打电话回来。他算准了时间给我打了这通电话,让我感受到他就在身边。

"嗨,哥哥。"我一边说,眼泪一边往下流。

"没事的,我最近会再给你打电话。"说了一会儿,电话就挂断了。我的脸上出现了一丝笑容,想着他无数次对我说的"一切都会好的"和任何情况下都乐观积极的态度。以前不管我遇到什么问题,都可以去找他,在一个十岁的小女孩眼里,她的大哥哥能帮自己摆平所有问题。更棒的是,大哥哥真的能解决那些问题,即便只是一句"一切都会好的"。不过这次他不能替我解决这个问题了,我已经长大了,而且这个问题也很严重。

手术很顺利,半天后我在重症病房里醒了过来。长在一根肋骨上的肿瘤影响到了其他两根肋骨,三根肋骨全都被拿掉了,取而代之的是一种纱布。几个月后,纱布会变硬,从而支撑我的胸腔和肺。在肺部还多了几个排湿系统，好把手术后产生的湿气排掉。从手术后的第一天起，我便忍受着强烈的疼痛。

12月5号，我回到了普通的门诊部，那天圣诞老人来到病房里。爸爸坐在床边，我躺在床上，鼻子里还插着氧气管。可惜圣诞老人没能让我感到特别开心，他给我递礼物的时候，爸爸给我们拍了张照片。

手术前，我们跟主刀医生进行了一次详细的谈话。他告诉我，不管要付出什么样的代价，手术的最终目的是摘除肿瘤。这代价也许是我的胸——那美丽的身体上的重要部分。疤痕会很大很丑，当然我也没期待那个疤痕会很漂亮，可医生的话还是如同晴天霹雳一般。我的胸一边大一边小，这让我很心痛。当然这并不会有什么生命危险，也总比不断凸出的胸好（那时候的情况就是如此，肿瘤会不断生长得越来越明显），可是，那毕竟是我的胸啊，是我作为女性的特征。

四个月前我以为再没什么会比失去那头金色的卷发更糟糕的事了，而现在的情况彻底改变了我的想法。我还是那么漂亮，还是很有女人味，可我的胸……

手术后的一周，终于要照镜子了。我不想用盆洗澡，想淋浴，于是就跟妈妈一起去儿童肿瘤科的浴室。

当我看到刀疤的那一瞬间，着实吓了一大跳，我的胸看上去糟糕极了：就像是一个网球从胸部被活生生地掏了出去，出现了一个大坑。我深感自己的女人味受到了摧毁。我的胸所剩无几，最多是A罩杯。我看着镜子里的自己，光秃秃的头、凸出的颧骨、胸部的"硬币"——中心静脉仪支出来一大截，跟输液管相连。左边有个大坑，被缝了无数针，还剩下半个胸。大坑下面有两条管子，延伸至肺部，好排出体内的湿气。再往下就是肋骨了，瘦得可以轻松地数出四根。不过这至少说明肋骨还在。看到这儿，我就不想往下看了，扭过了头。

这样的身体，我会不会再也感觉不到自己是个女人了呢？会不会有一天，我能对着镜子里的自己说：少了一半胸，其实也没什么？

夜里我时常被推到麻醉科，取代肋骨的纱布产生的痛让我无法忍受。到了麻醉科，止痛剂输入体内，之后的几天还勉强能撑过去。爸爸妈妈就在身边，可我并不怎么说话。每说一个字都会耗费太多的能量。

我的脑袋仿佛静止了一般，除了疼痛，就只能想到两件事：一是千万别打喷嚏，二是计划怎么补上落下的课。躺在床上，我突然想到：千万不要留级。不仅仅因为我不想跟比自己年龄小的人坐在一个教室里，更重要的是因为我跟现在班里的几个同学还一直保持联系。把计划告诉爸爸妈妈前，我已经在心里打了好几遍腹稿。虽然我觉得机会渺小，可同时也明白，只要敢想，所有人都会配合你来实现那个愿望。生活经常就是这样，只要敢于设想一个不切实际的计划，到时船到桥头自然直，计划便会成功。

"我想完成高中课程，拿到文凭，当然了，还得先看手术的结果。"那天晚上，我感觉不错，决定把计划告诉爸爸妈妈。"上午做完放射治疗，下午的时间我可以用来学习。目前应该还不需要接受新的化疗，我希望精力会越来越旺盛。"

爸爸妈妈看着我发光的双眼，也只好支持我的计划。门诊部的一个工作人员告诉我要把课补上去的方法很多，根据学校和我的康复情况还可以在医院里自学。

疼痛一天天减弱，我的计划也变得越来越可行。一不留神，在格罗宁根住院的最后一天就过去了。几天后，我回到了家里。手术成功了，不需要进行后期的治疗了。

▶ Laura Jansen《Perfect》

梦想在面对
死亡时格外珍贵

我可以变得更自由,我可以假装更自由。
小时候,生活给予了我无数幸福的时光。

——James Morrison《Once When I Was Little》

我完全忘了该如何生活。对第一次出院后那段日子的记忆已经变得模糊，唯一还记得的是那段日子是多么煎熬。一月治疗结束了，我又被丢回了日常生活中。现在的我和得病之前的我差距太大了。我必须重新学着跟日常生活中的那些琐事打交道，可我早已不属于那个世界。一年前是什么感受，当时的自己是怎样的，我统统都不记得了。我是一个孩子，一个女孩，我期望将来的生活不会有什么大的波澜。得癌症之前的那个女孩对我来说已经成了一个陌生人。这场病让我的想法、世界观、人生观发生了变化。我已经变成了另一个人，又怎么回到原先的生活里去呢？世界还是那个世界，而我却变成了另一个我。一切都没变，只是我已经不再是以前的那个劳拉了，不再是那个十五岁、自主、充满活力的劳拉了。

在癌症确诊前的一个月，朵林和我在种满花的田地里拍了好多照片，在那之后的一个星期我就到邓医生那里做检查了。

花田里开满了花儿，我们一路往前。朵林从小时候起就开始拍照片，那时她刚攒够钱，买了一部单反相机。我带上各种各样的裙子，她背上相机和保温杯。那天天气很好，就跟花田里的花儿一样：色彩各异，缤纷灿烂。那应该是在癌症确诊前的最后几张照片了，那时候我还不知道自己会生病。在我得知自己得了癌症后，就把朵林寄给我的照片做成了一本相册。一天下午，我独自待在家里，拿出相册翻看起来。那时的我是多么漂亮，多么快乐呀，既可爱，又温柔；笑容满面，生机勃勃。

我悲伤起来：那时的我并没有现在这么严肃。想得越多，就越敏感，我哭了起来。眼泪流出来，好像再也停不下来似的。**我思考着生命和死亡，思考着我的生命和我的死亡。**在一张照片上，我看到自己在鲜花中跳跃。那件紫色的裙子在玫红色花儿的映衬下漂亮极了。那长长的卷发在空中飘舞，像是被风吹了起来。

那时的我还是一个怀揣梦想的女孩，现在的我已经不去想遥远的将来了。很简单，因为我不敢看得太远。我跟以前真的完全不一样了，这是谁都没有料到的。我再也不是照片上的那个女孩了。我把照片拿近了，盯着照片上那个女孩的眼睛看。然后走向客厅里的镜子，看着镜子里的那双眼睛。我发现在经历过一切后，我的眼神变得异常严肃。我眼里的世界没有光芒,只写着过去一段日子里我的经历。

又过了一阵子,我回到了学校。我安排好了自己的课程表,不是所有科目都需要补课。星期一早晨我坐在教室里上的第一节课,是数学课。这是周末过后的第一节课,班里的女孩子们跟平常一样详细地讨论起周末来。关于周六晚上的聊天内容是最紧张刺激的,一般和迪厅接吻有关。接着还会谈到发质问题,抱怨这些天头发差得不行。听到这些话的好朋友就会说:哪有那么糟糕?这就是聊天规则。我使出浑身力气,试图加入这些对话中去。可想想我的周六晚上:吃完饭八点钟就上了床,再想到头发,我就更不想提起了,不过现在已经有四厘米长了,我还是挺自豪的。

"在接下去的几天里我们来复习指数的增长,这是考试重点之一。"教室里突然乱起来,这个课题不是每个人都在行的。我目光呆呆地看着四周。离考试还有两年半,我怎么现在就担心起来了呢?也许那时候我已经死了,谁知道呢?就算离我只有几个月的未来,我也不去多想。其实我还是挺担心的,只是闭着眼睛装看不见而已。

我心情复杂地翻开书,从头开始,生活也一样。要是我能通过高中毕业考试,所有的努力也就没有白费。那天晚上我哭着睡着了,脸全湿了。我为自己内心的感觉而羞耻。为什么我这么难受？为什么那么不踏实？情况不是应该越来越好的吗？为什么没人问我最近怎么样了？为什么偏偏在我最需要的时候，没人给我寄卡片了呢？那不敢面对生活，害怕制订计划的想法是从哪里冒出来的？

"没有未来的我还算什么呀？"有一次跟丹尼在森林里散步的时候，我问他。

"如果未来都没有了，生活还有什么意义？曾经想要实现的那些目标全都一个个消失了。既然我都不确定未来用不用得到高中毕业文凭，还去学校干吗？"我继续问丹尼。

我们一路往前走，谁都没说话。这样的对话已经进行过好多次，可我还是没找到答案。没有答案的生活让我感到很不幸。

"劳拉，你要学着活在当下。没人知道明天会发生什么。你也不用去找寻当下的本质是什么，因为你还没找到，当下就又过去了。" 丹尼打破沉默。

"嗯，我知道，但我的脑袋好像还没转过来。我好像突然什么都不明白了，也不知道该怎么生活下去。曾经一切都是那么自然，而现在却完全不一样了。"我有些失落。

几年前，丹尼经历了一场非常严重的车祸。当时他躺在重症病区，生命垂危，可还是活了下来，接下来等待他的便是漫长的康复之路。那时,他也需要鼓足勇气,重新开始生活。虽然我的情况跟他不同,但我们要经历的这个过程很相似。除此以外,我们还跟对方讨论一些从来没有经历过的事,因为我们很能理解对方。

"放宽心,把当下的日子过好,试着让自己开心起来,让每一天都充满意义,这是你现在唯一能做的。"丹尼安慰着我。

我明白他说的都有道理,可就是无法压制内心冒出来的消极想法。我的生活曾经是那么单纯,现在的我却伤心极了,因为那个简单的生活发生了翻天覆地的变化。

我想得到答案。再过十九天,我又要去做CT扫描了,我在心里默默地倒计时。

"你想,在接下去的十年里,我每次计划都不能超过三个月,这叫人怎么生活呢?没准一生都将如此。"每隔三个月,我就要去做一个检查,而这种检查要持续十年。**时间教会我:有些问题是找不到答案的。**

我们俩谁都不说话了,继续往前走。

▶ James Morrison《Once When I Was Little》

我们不可以
被现实打倒

我穿过了那些不该穿越的线,
迷失了方向。
为此我要付出多大的代价呢?

——Coldplay《In My Place》

"积极地面对一切并不容易，对我来说却是在特殊时期的一剂良药。积极的人，也会被积极地对待。在做出决定的那一刻，你的全身都会散发出积极的光芒，别人也会在你的光芒下变得积极起来。这样一来，你就被拥有同样积极态度的人包围起来。你会发现爱和积极的态度不断增长，而这种感觉又会把能够帮助你实现梦想的人带到你身边来。只要你好好把精力集中在自己身上，就会得到回报。道理其实很简单，通过感受生命里积极的态度，便能迎接一切挑战。我决定直面癌症，不再勉强自己。别再纠结了，没意义。"

这是我在化疗期间写的日记里的一个片段，多么美的文字啊，可对现在而言又有什么意义呢？道理再简单，也不能解决我的状况。那点小智慧狠狠地抽了我一巴掌。现在的我已经完全不知道应该如何积极地面对生活。这种没有目标的生活纠缠着我，我意识到生活的紧要性，但正是因为这种紧要性，我才积极不起来。我猜没人发现我在自己的生活里迷路了。虽然内心很悲伤，但还是要坚持努力地生活。当然了，也不是每一天都那么糟糕，我尽量把每天都过得有意义，因为我知道这种日子可能一下子就会过去了。然而与此同时我感觉不到任何火花，任何幸福。我并不是不幸福，我每天都在祈福，只是不知道该如何像平常人一样生活，不用时刻去思考世间一切人与事的重要性。我不明白的是，就在去年，我还能如此幸福，这究竟是怎么了？过去的一幕幕浮现在我眼前。除了回忆，我什么都做不了。我尽最大的努力试图活在当下，可一切都不停地暗示着去年，暗示着那时的光景，暗示着我生病前的日子。

除了一头栽进这种感觉里，我别无他选。我回忆、思考、试图去生活的片刻变得越来越长。我思考癌症，思考化疗，思考一次次呕吐，思考和家人朋友在一起的时光，思考得病前生活的动力，思考发生的一切。重新体验所有的记忆是一件很沉重的事。当时做化疗摧残的是我的身体，而现在摧残的是我的精神。所有记忆全都回来了，我的心情变得特别复杂，不知道自己是怎么坚持下来的。回想去年，周末都跟爸爸在一起。今年此时，我已经做了几次CT扫描。新学年开始了，我上高二了。

"距离第一次化疗已经一年了。"我一边爬上床，一边对爸爸说。刚开始爸爸没说话，一脸愁云，亲了我一下，然后说:"劳拉,睡个好觉,明天见。"

该死,难道我是唯一一个活在过去的人吗?

CT扫描的结果一直很好,虽然癌细胞扩散的可能性仍然存在,但至今为止一切都正常。随着时间的推移,我的想法也越来越多。化疗过去一年后,我时常问自己当时是不是做出了合理的选择。当时的我几乎没有犹豫就开始了治疗,这个事实让我始终觉得自己当时的选择是错误的。为什么我就没考虑一下其他的治疗方式呢?也没去其他医院再检查一下?为什么在还有其他治疗方式的情况下,我义无反顾地选择了化疗?我是不是选择了一条保守的治疗道路,因为所有人都觉得癌症病人做化疗是再正常不过的?是不是所有人都觉得,做过化疗,也算是什么办法都试过了,尽了最大的努力?这些问题一个个涌了上来。

现在唯一能让我内心得到安慰的是我当时对待化疗坚决的态度,我对药物充满了信心,而化疗却彻底改变了我的生活。我的身体回不到以前的样子了。我不会太过谴责自己,而事实却无法回避。沉重的化疗没有对那个肿瘤起任何作用,也就是说不做也无妨。可这个事实在2009年8月还不曾被知晓——没人知道化疗对我的病究竟有没有用。**我做出了自己的选择,就得接受如今的事实,坚强地活下去。**

每当我伤心地从学校回到家,妈妈就把我抱起来,搂在怀里,这样的场景最近时常发生。我蜷缩在她的大腿上,找寻温暖,找寻答案。每当我要哭的时候,就趴到妈妈的腿上,然后在内心大声地问自己是不是应该去看心理医生,自己还能不能独立解决这个问题。妈妈的腿左右摇晃,我的身体也跟着轻轻摇摆。妈妈总是说:"会好的,劳拉,一切都会好的,要对自己有信心。宝贝儿,现在经历的这些都不算什么。"然后便轻轻地重复:"没事的,一切都会好的。"妈妈的这些话让我充满信心,让我觉得有些想法的存在是正常的,比如:生活本该很快乐,而我却不这么觉得。还有,我不理解为什么在我身体受到摧残的时候,大伙儿还都那么高兴。我一边哭,一边告诉妈妈今天早晨第一节课后,班主任来找我了。她告诉我同学们都开始跟教研主任讨论下一步的学习计划了。而她却跟教研主任说,我如果去谈话,只是聊聊天,不谈学习。我擤完鼻涕,接着说:"妈妈,你知道最糟糕的是什么吗?一方面是我对班主任的理解感到高兴,另一方面却不明白她的理解。我连自己都快搞不明白了,何况是别人呢?一想到学习,就像在想另一个星球上的事,感觉离我好远好远。"

▶ Coldplay《In My Place》

在绝望与希望之间
重新认识自己

太阳就要升起来了,燃烧黑暗的记忆吧。
太阳就要升起来了,把错误变成金子吧。

——Eddie Vedder《Rise》

就这样，我的生活又重新开始了。在希望和绝望之间，我又找到了自己，奇迹就发生在我放下一切的那一刻。其实刻意找寻自我并没有意义，因为不知不觉你就会去找寻自我以外的一些东西。而你就在那里，就在此时、此刻，毫不隐藏。当我停止了找寻的道路，就找回了自己。

当我坚定地认为，自己再也不会迷失在生命道路上的那一刻，便看到了光明。**我意识到自己其实从来没有真正迷失过，也一直没有偏离过人生的轨道，因为迷失也是其中的一部分。**渐渐地，光明又出现在我的生活里，渐渐地，我爬出了过去几个月的低谷。

九月，我第一次去诺娃和皮特在法国的家。六岁那年我就认识他们了，那时他们还没搬到南法。诺娃是个精力充沛的教练，上初一的时候我去找过她，因为从小学到初中的差距对我而言太大了，是她帮助我了解到自己的力量所在，由此我们之间便产生了一种非常特别又亲密的关系。说出来你可能不相信,诺娃和皮特已经65岁了。俩人一起经营一家Bed&Breakfast,生意很好。当化疗把我的身体折腾得无比脆弱时,我经常收到从法国寄来的礼物。诺娃和皮特回荷兰的时候还来看过我,邀请我和妈妈去他们家住一个星期。

"宝贝儿,让太阳温暖你吧!"诺娃对我说。晚上我和诺娃聊了好久,聊我的感受,聊我的生活,聊我怎样才能重新赐予生命意义。她的生活经验和敏感让她深深感受到了我的内心世界。

"生活不会一直都那么顺利,可它依旧非常美丽。你只要继续走下去,这一切都会成为你的力量,我相信你能成功。你还能为这个世界做出很多贡献,看看,你是多么漂亮啊!"

"我知道自己还能为这个世界做出很多贡献,可那又怎么样呢?也许再过几年我就不在这个世界上了。我现在唯一的想法就是自己有一天会死去。我试着去梦想未来,可就是无法摆脱这种想法。"我说。

"宝贝儿,相信我,有了你,世界一定会变得更美丽。"

假期过后,我打电话给爸爸,在电话里说:"嗨,爸爸,我想到了一个好主意。"

"说说看!"

"我在旺图山上的时候,好多人都在为癌症许愿基金会集资。这倒是给我带来了一个灵感。"

我们适应了法国的气候,皮特提议一起去爬旺图山。他说那座山太棒了,我一定得亲眼看看。在历史上,旺图山就是一座神奇的山,能赐予人们力量。中世纪时,这座山被视为上帝和凡人之间的纽带。尤其是山顶,那里没树,只有白色的石头。

皮特带我和妈妈开车上山的那天,诺娃给我们塞了几条天鹅绒毯子,说是一路上用得着。三十度还得带上毯子,我起先还觉得奇怪。可一到山顶,我就开始感谢诺娃的细心周到了。

山顶上雾蒙蒙的,再过几个星期就会出现皑皑的白雪。骑车上来的人都感动万分。山顶上有一个小礼堂,点燃着许多蜡烛。我走向悬崖边,探头去看那雾蒙蒙的山涧。这座山打动了我,赐给我力量,让我突然很想骑自行车上山。到了山下,我缺氧的现象消失了。下山时,我就在想:就凭我的肺活量,也许根本爬不了这座山。

"你要去爬旺图山?"听起来爸爸好像觉得这个想法很疯狂。

"我是想过,不过还是觉得从山脚骑车回荷兰比较现实一点,这段路我应该还能承受。"我回答道。

电话那边突然沉默。

"爸爸,我知道这是个多么不切实际的计划,可我很想试试。这个想法给了我好多能量,是我过去几个月中都没有感受到的。物理治疗的效果并不理想,我总是很疲劳。我需要一个新的挑战,一个能够让我全身心投入的挑战。"我继续说道。

我不仅仅是为了骑车,还为了收集资金,帮助癌症许愿基金会宣传。这个计划是收集资金的过程,我的任务就是不断付诸实践。

说起来,我和许愿基金会结缘是在2009年12月的大手术之后。那时我躺在床上,忍受着非人的疼痛。一天,医院里的一个员工从角落探出脑袋来。每次看到她我就会笑,长长的卷发,高挑的身材,还有那特别的走路方式。

她总是一副很放松的样子,跟她在一起很舒服,由此我的世界也变得轻松简单起来。于是,我的脸上便出现了一丝微笑。

"我来和你聊会儿天,可以吗?"她问。不是谈论,也不是谈话,仅仅聊天,是她经常用的一个词,跟轻松的氛围很配。

聊完过去一段日子发生的事,她便开始给我介绍许愿基金会:"你在医院躺了这么多天,受了这么多苦,我想:要不帮你报名参加他们的活动吧？"

我惊讶地看着她，记得自己曾经在一个商业频道的节目里见过这个基金会的名字。我是无药可救了吗？难道她已经看到手术结果了？

"谁说非得无药可救才能参加他们的活动？"她一边笑，一边看着我说。"幸好幸好，吓死我了。"我说，"那就帮我报名吧，一定很有意思。"我躺在床上，脸上挂满了笑容。因为她的这个提议，疼痛似乎也减轻了。

几天后吉姆来看我。我们互相亲了亲，他在我身边躺了下来。就这样，我俩躺在我的病床上，身体和脑袋都紧紧地靠着。我们谈日常生活中的小事，他给我讲工作上的事情。我告诉他伤口没那么疼了，还有星期三后我即将参加的活动。

"劳拉，真是太棒了！"吉姆说，"我带你去听酷玩乐队的演唱会吧？还是你想做点别的呢？"

自从我生病以来，哥哥们和我就试着抢酷玩乐队的票。我会做一些平时怎么都不会去做或者怎么都不想做的事。我贪婪地享受着现在我可以做的这些事。

"我们去巴西吧？要不去秘鲁？"我满怀兴致地做着梦，思绪早就飞到了病床以外的地方。

其实，有一件事是我真正想做的——去篱笆餐厅吃饭，那是约尼和特蕾莎开的一家三星级饭店。从十二岁起，我就对味觉和嗅觉以及其中所包含的文化产生了浓厚兴趣，化疗并未对此产生影响，我还是兴致勃勃。我好想吃东西，想吃自己喜欢的、可以激发创造力的东西。

2010年4月的一天过得真是绝了，一切都安排得井井有条。早晨一辆豪华轿车来接我，接着我要跟一名厨师一起准备午餐。午餐做好后，我还要一小口一小口地细细品尝。在尝过数道前餐、主餐和甜点后，我的内心充满了创造力，肚子里全是美食，为自己能拥有这一天感到无比幸福。**记忆给了我能量，让我能够应付那些不顺利的时光。**

我全身心投入到"旺图"计划中去，这是我给这次自行车之旅起的名字。在离开诺娃和皮特的几个星期后，计划变得具体起来，我把起程日期定在了3月21日，这期间我还要做几次CT扫描。这样的计划对我来说非常特别，我终于敢做三个月以上的计划了！3月21日可不是随便选的，这一天我就满17岁了。这是我17岁的开端，是新生命的开端。

我在3月21日那天出生对妈妈来说可不是个偶然。她经常跟我提起那一天，总是充满了感慨，讲得一次比一次动听，就跟传说似的。那天早晨妈妈醒来，发现肚子里的宝宝就要出生了。妈妈抬头一看日历，是3月21日，啊，是立春。对爸爸妈妈来说，我的到来意味着一个新的爱的结晶诞生了，虽然一年后他们就离婚了。妈妈看着日历，许下愿望，希望她的第四个孩子能在这天出生，每年春天开始的时候，就是这个孩子的生日。早晨护士来检查的时候，妈妈对她说，如果孩子能在这天出生，该多特别啊。就跟平时一样，爸爸妈妈在俩人合开的公司里上班。晚上七点，我便来到了世界上，而且还是个女孩子。在三个男孩之后，爸妈终于有了个女儿，给我起名劳拉·马斯康特。他们觉得劳拉这个名字很好听，至于马斯康特，跟圣经有关。就这样，劳拉·马斯康特成了我成长的根基。

自打我记事起，每年生日妈妈都要给我讲这个故事。除此以外，还要讲我给这个家庭带来的影响，以及给爸爸、妈妈、丹尼、吉姆和约普的生活增添的光彩。这一切似乎只有刚出生的宝宝才能做到。现在的我需要重生，我能预感，3月21日那天，我就能放下现在这个阶段所有无解的问题了。我不能继续混沌下去，不能再去学校装作一副没事的样子，心里却总是想着生活的意义，这些都是癌症给我带来的影响。在3月21日那天，我就会放下一切，得到重生。

在准备过程中发生的一切让我明白了一个事实：**癌症成了我力量的源泉**。我的脑海里无法摆脱自己得过癌症这个事实，所以也就不再挣扎。在精神越来越好的同时，身体的康复也有了很大进展。我感到肌肉和能量都在增长。在赞助商的支持下，我买了一辆可以躺着骑的自行车。在摘除了肿瘤和肋骨后，我的肩膀经常会疼，普通的自行车肯定是骑不了的。现在我每天都锻炼，不是在外面骑车，就是去俱乐部运动。骑车的路线已经定下来了。从旺图山我要一路经过里昂、第戎，一直往北，骑向比利时的阿登山脉。到了那里我会选择最快捷的路线，仍然向着北方，来到荷兰，最终返回家乡。我仔细研究法国地图，晚上不停地探究路线，感觉自己能征服整个世界。

▶ Eddie Vedder《Rise》

拼出自己
想要的人生

宝贝儿,快收拾行囊,
你知道我们今天要出发。
我不知道我们究竟要去哪里,
但我们也许会离开美国,
因为我想玩一场新的游戏。

——Canned Heat《Going Up The Country》

在所有的准备、演讲、活动和训练结束之后，我就要重生了。3月21日，丹尼、我和妈妈在吃完早餐后，便开车前往南法。到了那儿，我们会在诺娃和皮特的Bed & Breakfast餐厅里住上一个星期，而Bed & Breakfast就在旺图山脚下。十个小时的车程后，我们来到了法国中部。眼前一片片连绵起伏的山丘，比我想象中的还要高一些，车程也比我预计中的要长。我们已经在同一条高速公路上开了好久，车速很快。之前我就是在这条高速公路上，萌生了骑车的想法，现在，我的梦想即将实现了。回家的路上，我发现一路上山这么多，自行车道那么少。那时的我激动不已，车每开一公里，我就越加确信这场旅途的距离不会对我的身体造成任何伤害，确信这世界上没什么能伤害得了我。

"没想到这里山地这么多。"我说。

"自行车道肯定跟汽车道一样，环绕着大山。"妈妈说。

我们还不知道自行车道具体是什么样的，不过这也挺好。

每个星期都会有一个团队从荷兰过来，接替上一班出发的人，总共六支队伍，而我会骑完整个路线。出发前，朋友们都来我这里报名，此外，叔叔、阿姨、丹尼、吉姆和约普都会加入车队。爸爸妈妈各请了三周假。前三个星期妈妈在，后三个星期有爸爸。他们负责开房车，买车的钱是赞助商出的。房车的主要作用是运东西和煮饭，还有就是提供睡觉的地方。

第一个星期，我跟叔叔、一个表弟还有约普一起上路。山顶上还是冬天，起点在山脚，我们出发了，大伙儿都全力以赴，轻快无比。最开始的几公里我们前后骑了两遍，因为我要把这段旅程发表在博客上，丹尼负责用相机把一个个画面记录下来。之后，我们继续向前，旺图山渐渐消失在身后。我几乎不敢相信自己身处南法，要从这里骑车回家，感觉好刺激，同时也知道荷兰离我还很远。

阿姨、妈妈和丹尼坐在房车里。去南法的路上，妈妈还安慰我，自行车道肯定不会太陡峭，可现实却让我心里发慌。南法山很多，我们得穿过一座座山脉。上山的时候我的脑袋里盘旋着酷玩乐队欢快的旋律，加油，加油，加油，伴着音乐的旋律，我不断地鼓励自己。前一天被太阳晒伤的腿还没好，后一天就又要上路了。虽然在过去的一段时间里我经常锻炼，可这辆自行车很容易造成体重分配不均。我的精神压力很大，我的肌肉力度也不够支撑如此长时间的骑行。第一个星期一直是约普在鼓励我，而我的字典里也没有"放弃"这个词。虽然路上真的很艰难，约普却总说一切都会顺利进行下去的。每当一天过去，晚上我们一起吃烤肉喝啤酒的时候，我就意识到约普是对的。他又变回了那个能帮我解决问题的哥哥。当山路看上去没有尽头的时候，我就把注意力集中到转角的地方，心里想：转过这个弯，很快就是山顶了，那个转角离我们越来越近。

约普说："劳拉，就快到了，再坚持一下。"他用那永不知疲倦的士兵精神在一旁鼓励我，把一只手搭在我的肩膀上，使劲推我。就这样，我们一点一点地往上挪。他一边喘气一边对我说，全身的肌肉都在大吼：继续前进。终于过了那个转角，山顶就在眼前了。

"我就说吧，一切都会顺利进行下去的。"约普对我笑着说。我一边喘气，一边对他笑。我俩一起在山顶大口喘着气，叔叔和表妹也到了山顶。爬山并没有我们想象得那么容易，不过这一切都值得。下山的过程真是棒极了，大伙儿欢呼起来。我感受着风吹动着我的头发，吹动着我的生命。这次我们很快就到了山脚，一个半小时后，又开始爬山了。老杨叔叔骑到我身边，一低头，看到我的车挂在三挡上。

"劳拉,不能挂三挡,快换成一挡。"叔叔说。

"下面的那座山更高。"我说。

"那又怎么样呢?"

我想了想,说:"在越来越难骑的情况下,我还有一挡可以调啊。"

"那些加速挡可不是什么求助热线,只能用一次。而你现在非常需要它们。"

说完叔叔便笑起来,我们继续慢慢地往上骑。

"生活可不是这样的,任何时候都可以向人们求助,因为你永远都不知道情况会不会变得更糟糕。"

我明白他的意思,于是换成了一挡,结果还挺管用的,骑起来轻松多了。第一个星期过去了,我们来到了里昂。约普买东西回来,还给我带了一个礼物。新车队也到了,过了今晚,第一队人就要回去了。

"劳拉,我买了一瓶香槟。你把第一个星期坚持下来了,是时候庆祝一下了!"约普一边笑,一边拿出香槟。我们站在标志性的蓝色许愿大旗前,我使劲摇晃瓶子,像得了冠军似的。瓶塞飞了出去,香槟四溅开来。

每向北方行进一公里,我的精力就越充沛。整个车队里只有一个目标:一路向北,回到荷兰!我们每骑过一片法国的风景，我就会产生新的领悟。

我们事先定好了日程安排。每天早晨七点闹钟准时响，吃完早餐我们会再研究一下当天的路线，八点左右上车出发。起先的五公里我的话不太多，因为感觉当天还有好多路要骑。十一点左右我们来到了第一个休息站，大家约好在一个小村子里见面，不骑车的队友在一家餐厅里等我们，休息片刻后便继续上路，其他人去找晚上露营的地方。一路上，我们用相机拍下法国的风景。如果顺利，四点左右就可以到营地了。吃过晚饭，我们核对了一遍第二天的路线，八点半就各自回帐篷美美地睡觉去了。每天基本都一样，这种规律的生活挺好的。

当我穿梭在法国山丘里的时候，感觉幸福极了，浑身充满了力量。一年半前，我连自己走向客厅沙发的力气都没有，而现在却能在这大山里骑车。我们有时要随机应变，如果营地里没有水电，我们就不能乱用水。从小到大，我从来没有感觉到自己竟然可以这么贴近自然。

春天的夜晚还是挺冷的，醒来的时候房车的车窗上结了冰花儿，自行车的坐垫上也出现了一层薄薄的冰。早晨还是挺凉的，吃早餐的时候腿上还要盖一层毛毯，之后要立刻钻进车里才不会冷。随着时间的推移和路程的减少，我对生活又充满了兴致。这并不是说我不会死，也不是说我完全相信自己的身体不会再出现任何问题。我的腿逐渐强壮起来，可有时候还是感觉怪怪的，就跟它们是别人的腿似的。心中的某些感觉并没有因为这次旅途而减弱，看来它们已经被埋得太深了。这也意味着，我当下的生活非常美好。在过去的一段时间里，我不再一直想着癌症，又能开开心心地面对生活了。我不确定这是不是时间的关系，也不知道时间能不能治愈所有的伤，因为伤口不会仅仅因为时间的推移而痊愈。直到某一天，你终于明白自己怎么才能开心起来。**生活会让人们放射出无限的光芒。**我的光又亮了，尽管那些疤痕不会因为时间的推移和路程的减少而消失，但有一天伤口会痊愈。

经过四十天的骑行，1500公里，我到家了。一个记者来家里采访我，提的第一个问题是："到家了，有没有不适应的地方呢？"我想了想，试图寻找一个合适的答案。"我确实不适应，怎么会适应呢？这次旅途给了我太多太多。"潜藏在内心的能量在这次旅途后终于爆发了。那些能量其实一直都存在，只是现在又重生了，好像怎么也耗不尽似的。

▶ Canned Heat《Going Up The Country》

走泥泞的路，才能留下清晰的脚印

Part Two

挫折终将成为你的财富

对生活、爱和光明说声谢谢吧。

——Marco Borsato《Droom, Durf, Doe En Deel》

2014年6月14日成了非常特别的一天，我原本以为自己不可能再经历这一切了。下午我在学校的网站上查到了一条好消息：我拿到高中文凭了！虽说这也不是什么意料之外的事，因为我的成绩一直很好，但过去几年的压力还是挺大的。我关上网页的时候，笑了，妈妈来到我身边。

"考过啦，考过啦，我考过啦！"我欢呼起来，跑到楼上，拿出阁楼上的国旗，将国旗挂了出去。我和妈妈开心地拍完照，我俩便抱住彼此，哭了，我想起了过去几年。我没想过自己会参加高考，更别说毕业了，这一切完全在我的意料之外。虽然生病了，但我还是读完了高中，度过了我的中学时光。

几个月前，吉姆在胳膊上刺了个文身，是我陪他一起去文的。根据他到目前为止的经历他选择了在阿富汗和当地翻译家学到的一句很重要的话，阿拉伯文"Inshallah"，意思是如上帝所愿。

当我跟吉姆去文身的时候就暗暗对自己说，如果高中顺利毕业，也一定去刺个文身。"Inshallah"对我来说也很合适，但我觉得那个象征着无限的标志"∞"更适合自己。这种永无止境的感觉让我撑过了这几年。我一直认为生命是没有尽头的，相信人死后会进入天堂。

"我知道我想要什么样的文身了。"我看着吉姆说，"一个象征着无限的标志，就这儿，小小的一个就行了。"我指着手腕下面说。据说身体的左侧负责掌管感觉。而且如果有重要的面试，我还可以戴个手表把文身遮起来。

6月14日，我的左手腕下面多了一个小小的文身。这个无限的象征时刻提醒着我，要永远记住过去几年发生的事，和那几年我的内心激发出的信念、力量和对生活的热爱。这个标志尤其让我记得，**在黑暗的岁月后，总会再次出现光明**。除此之外，我还把这种无限看作一首生命的赞歌：死亡对我来说有着特别的意义。**终结只不过是人类的错觉，人们觉得自己会死，其实不然。我和生命形成了一个整体，是不会失去生命的，因为我就是其中的一部分**。在某一时刻，我会丢弃身体，但生命还会继续下去。不再是一颗跳动的心脏，而是一个不死的灵魂。**我们和生活并不是脱离的两部分，生活是我们的一部分**。

当我们离开地球的时候，还是要放手属于我们的那部分。那颗跳动的心是属于当下的，而我既属于当下，也属于永恒。只要自己不放手，就不会失去生活。

文身机吱吱作响，针尖刺到我的皮肤上，墨水浸入我的皮肤里。渐渐地，一个躺着的"8"出现在我的皮肤上。这个象征着无限的标志烙在了我左手的手腕上。三年前，这个象征已经刻入了我的生命里。

▶ Marco Borsato《Droom，Durf，Doe En Deel》

苦难让我
获得新生

举起手,触摸城市。
霓虹灯,大梦想,看起来都那么美好。
世界上没有别的地方可以与此相比。
举起光,挥舞起来吧。

——Alicia Keys《Empire State Of Mind》

从医学角度来讲，我的身体恢复得很好。这四个月里做的CT扫描都显示癌细胞没有复发。看来是时候制订我的学习计划了，不过长期的计划还不在我的打算之中。也许别人会认为我选择艺术历史是发自对艺术深深的爱，可事实并非如此。尽管我对很多学科都感兴趣，比如数学或者社会学专业，但艺术历史最适合我。要我真正喜欢上一门学科，就得对此有所了解。了解了，也就自然而然喜欢了。

人类自存在以来就开始创作艺术，用来表达对圣物，对人与人之间的关系，或者对生活本身的感悟。让我感到有趣的是长久以来人们是如何用不同的方式来诠释这种感悟的。我选择艺术历史的原因有很多，而就业率不是其中之一，因为我不知道自己还能活多久。除此以外，我喜欢小团队，因为我不想成为大学生活里的一个无名生物，仿佛跟一个代码没什么区别。

我很想去国外学习，英国应该可以成为新生活的一个美好的开端。我受够了过去几年无法正常动弹的生活，又有了瞭望未来的勇气。那场病主宰了我过去的生活，我要越过这座城市，越过荷兰的边界走向远方，不愿接受现实为我安排好的生活。我梦想着国外的生活，到了那儿我又会像个孩子一般好奇无比，现在的我好想念这种心态。英国的大学需要面试信和成绩单。在制订学习计划和安排学习生活费用的那些晚上，我的眼前出现了一个场景：在未来的一学年中，我整晚整晚地学习。我看见自己在英国的小酒吧里，看见自己穿梭于英国的大街小巷，不断地去了解这个陌生的国家。我看见自己在这个全新的环境里绽放笑容，渐渐地与它融为一体。大一这年，我会遇到一个帅帅的英国男孩，他会成为我的挚友，生活会展现出最美好的一面。我不再想过前几年的那种生活，总是在害怕未来。在我想要的那种生活里，虽然不确定有没有未来，至少要享受当下，做自己平常不会做的事。我要在不会丢了自己的前提下，过一种全新的生活。我会不断成长，能够战胜一切，我想感受那大大的世界就在我的脚下。

当我被三所大学录取后，计划似乎就要实现了。

最终英国昂贵的学费成了一块绊脚石，我还是选择了阿姆斯特丹。相比荷兰的其他城市，这座城市最能让我联想到国外的生活。这里还有我幼年的记忆，我记得妈妈带我去红灯区的那天，我一直好奇这个"著名"的地方到底是什么样的。还有我跟朵林在那里庆祝的女王日。然而，我对阿姆斯特丹的记忆还没有多到让我产生家的感觉，而这就是我一直在找寻的：未来在一座属于我的城市里续写我的故事。

事后看来我还要感谢英国昂贵的学费，没去到离家那么远的地方对我来说是一种福分。如今我在这个属于自己的城市里拥有了一席之地，而且那些挚爱的人就在身边。

很快我就在阿姆斯特丹找到了一间宿舍。只要一开学，我的大学生活也就开始了。阿姆斯特丹向我展示了各种美好，大学也是我最喜欢的地方之一。开始的几个月，走在街上，我总觉得赤裸裸的，毫无保护地游荡在一个还不熟知的城市里。

癌症消失了，要做回自己，多少有些失落感。**我意识到癌症使我变得富有，让我明白生命里的方方面面都有自己的价值**。在上关于中世纪教堂、地图和文艺复兴的课时，我回想着过去的时光。这些时光对我的生命而言有价值吗？我的生命是否就像学术界的思考方式，很少用到感情和直觉？这是那个能让我学到爱和幸福、学到生活方方面面的地方吗？这些问题至今未解。除了把在生活里感受到的幸福带到新生活里去，也没别的选择了。尽管我很想跟过去告别，很想过没有癌症的生活，不要总想着死亡，医院里的场景也不会总在我的眼前晃荡，然而事实和愿望总有差距。那场病教会了我很多，我无法就这么与过去告别。不过这并不要紧，我要把这种心情带入我的新生活里去。

我的学术生活和过去那段日子之间竖着一座高大的墙，有时候那座墙会变得很矮，甚至矮得吓人。在住进宿舍的第一天，我发现对面是一家医院。从我的房间就可以看到医院里的医生。每每坐电车去城里，就会时不时看到系着头巾的病人在车站下车，去医院里做化疗。自由大学就在大学医学中心旁边，再旁边就是癌症治疗中心。

我租的那个房间大约11平方米，并没有太多可以走动的空间。说夸张点，两步就可以从房间的一头走到另一头。但这样的学生生活赐给了我内心的自由。这座楼原来是一家医院（又是医院，这组合还挺奇怪的），楼里的某些地方还依稀保留着原来的结构。原先那些毫无生机的病房已经所剩无几，现在楼道里充满了啤酒味，地上还有一团团的灰尘。这座楼是近期才被改成学生公寓的，然而学生们留下的痕迹已经清晰可见。墙被刷上了各种各样的颜色，到处都挂着电影海报。厨房很大，里面堆满了用过的餐具和其他乱七八糟的东西。这地方是学生生活一个不错的开端，可它永远不会成为我的家。

我的房间跟这座房子形成了鲜明对比。一进去，首先映入眼帘的就是洁白的墙，床上摆着可爱的靠枕，地板也是白色的。白天我坐在窗前的书桌前学习，晚上点亮蜡烛，躺在床上看书。不过跟家比起来，这里差得太远了。我的学生生活和人们脑海里典型的学生生活差得很远。我不会整晚地喝酒，在厨房里聊天，整天看电视剧，偶尔才学习一下。我不确定是因为那场病还是我天生如此，我不喜欢那种看似简单的生活方式。不去酒吧的我，把时间都花在了学习和享受阿姆斯特丹的生活上。

我认识了一个新朋友，她叫洛丝，我俩相处得很好。洛丝住在这幢楼里，有着跟我一样的态度：认真努力地学习，尽情享受待在一起的时光，我们还经常一起做饭。下午学习过后，还会一起喝茶。

冬季里的一天，我们待在洛丝的房间里。她的房间比我的要大一些，除了床，还能放下沙发和桌子。我们谈论起一档电视节目来。

"那些人这么年轻就要跟病魔较量，真不容易。"洛丝说。

"嗯，这档节目时常给我带来灵感。"三年来，我每年都会关注这档节目，试图从中找寻认同点，找寻跟自己类似的经历。每次看节目，我都觉得自己和节目里的主角贴得很近。每当有人离开这个世界,我也会默默地伤心。我是在电视里寻找自我,寻找自我表现安慰,看到这个世界上不止我一个人有过这样的经历,内心就感到无比平静。

我突然想到还没跟洛丝提过那段生病的经历呢。我原本没有打算把那段过去讲给这座新城市里的新朋友听,现在却突然明白,没有那段过去,这样的对话是进行不下去的。

于是我说:"十五岁那年,我得了癌症。"我拿出一张光头照给她看。洛丝突然不说话了。

"我一直在问自己你怎么这么成熟,"洛丝今年24岁,"而且你是我认识的人中最积极向上的。"

"虽然生过病,但我想关键在于你怎么看待那些经历。现在我康复了,经过了高山峡谷,我变得更强大,也更自信了。"我说。在阿姆斯特丹,洛丝是第一个知道我曾经生病的这个事实的。

几个星期后,我去厨房做饭。碰巧一个室友也在做饭,做的是意大利面。

"这是什么留下的疤痕啊?"他指着中心静脉仪留下的疤痕问。只要一晒太阳疤痕就会泛红。我吓了一跳,这么直接地提问,多少让我有些尴尬。

"做手术留下的,"我说,"你最近怎么样啊?"

"哦，什么手术呢？什么病啊？"他没有放弃自己的好奇。

我在想这个问题该怎么回答，好想也跟他一样直接，在他面前大声吼出"癌症"两个字。可是我做不到，因为癌症不是一件小事。我决定用另一种方式，平静地告诉他那个疤痕是怎么留下的。

当我搬进宿舍的那一刻，以为一段全新的生活就要开始了。新的城市，新的学习，新的朋友，还有新的环境。看来是我错把全新的开始当作了一个没有过去的开始。原来居住的那个城市里，已经没了家的感觉。我也做好了准备，去迎接一个新的未来，不过还是一直带着那个原来的自己，然而值得庆幸的是，生病的事实因为这座新城市和新的环境渐渐退到了后台，我又渐渐地找回了从前的那个自己，那个和癌症无关的女孩。

我把精力全都投入到学习中去，发现从文明出现，人们就开始忙着寻找和表达神性。我学到了许多和艺术流派有关的知识。艺术并非无故产生，人们总在试图通过艺术的方式来表达对生活、对上帝或者对社会的观点。通过学习，我接触到远古世界的美，从而也看到了当下世界的美好。一切都是艺术，因为人类本身就是一件艺术品。看来，选择这个专业并非那么偶然。因为除了学术,情感和美学也扮演着重要的角色。

第一场考试让我失望极了,因为考题实在太简单了。在考试前的几个星期,我那么努力地学习,几乎都不给自己休息的时间。考试中,我的时间绰绰有余。走出教室时,只觉得自己被耍了。一连多少天,我都把自己埋在书里,而等待我的却是一场再简单不过的考试。

虽说拿到了学分,可我还是很失望,因为我期待的是挑战。而这也让我意识到:在过去的几个星期里,我的创造力丝毫没有派上用场。

洛丝在十二月发来了一个网址,告诉我阿姆斯特丹有个写作培训班,问我要不要一起参加。

一月我和洛丝都报名参加了那个短篇故事写作班,我想应该可以学到很多东西。

一月的一个周末,我去看妈妈,也终于有时间坐在沙发上看本书了。平时我几乎没时间看小说。早上基本八点出门,晚上十点才回到宿舍。那些天很充实,也很有趣。我在图书馆里学习,担任阿姆斯特丹绿党少年协会(注:绿党是提出保护环境的非政府组织发展而来的政党,绿党提出"生态优先"、非暴力、基层民主、反核原则等政治主张,积极参政议政,开展环境保护活动,对全球的环境保护运动具有积极的推动作用。

绿党在二十世纪后半期开始在欧洲扩散。)的秘书长,还时不时跟同学一起喝咖啡聊天,偶尔在沙发上坐着休息一下好舒服啊。

"要是我再用这种谋杀式的速度过下去,不到三十岁就要崩溃了。"我又回到了阿姆斯特丹,笑着对洛丝说。

"那你平时就不能多休息休息吗?"洛丝问。

"老实说,我还真不知道怎么才能平静地生活。我已经习惯了全力以赴,这是我在生病以后学会的。"我说。

"我觉得我俩都有可能崩溃,不过不会那么轻易发生,因为我们做的事都是我们真心喜欢的。"洛丝说。

"也许我喜欢的东西太多了。"我一边说,一边想着未来几周已经排得不能再满的日程表。

"你真有那么多喜欢的东西吗?"洛丝问。

"嗯,我还想过要学数学。如果全力以赴,最终也会爱上这门学科的。对我而言做什么并不重要,怎么做才是关键。至于怎么做嘛,就是尽全力呗。"

"嗯,我明白,这也是你强大的地方,你从来不会事做一半就晾在一旁。"洛丝说完,我俩突然都安静下来。

过了一会儿,她问:"今天晚上我们一起去外面吃饭吧?"

我说再过一个半星期又有考试了,而且我还有一些邮件要回复。

"劳拉,学习是没有尽头的,你得好好享受生活,而不是一头栽在书里。"洛丝说。

我知道她说得没错,我也有计划超出承受范围的时候。

于是我俩在市中心找了一家热闹的比萨店,走了进去。

▶ Alicia Keys《Empire State Of Mind》

没有什么比
正常的生活更加迷人

在屈服的那一刻,我跪在地上。
我没有注意路过的行人,他们也没看到我。

——U2《Moment Of Surrender》

2013年4月18日，星期四，跟往常一样，我早早地出门上班。我已经在一家餐厅上了一个月班。我对做饭的爱是那么自然，烹饪已经成了我的挚爱。我要去那家三星级饭店吃饭也不是凭空产生的想法。在这期间我的厨艺在提升，可不仅仅局限于一顿美味的千层面了。十八岁的生日我是跟几个亲密的好朋友一起过的，那天晚上我亲自下厨，做了五道菜，还有各种小食，就连喝咖啡时吃的夹心巧克力也出自我手。做饭是我自学的，一步步，从简单到复杂。只要我去法国拜访诺娃和皮特，就会好好翻看他们的食谱和家传菜单，寻找最漂亮的菜肴。每天晚上我的目标就是通过颜色、结构和味道把一道菜呈现在盘子里。几乎每天晚上我都会尝试，还会借助大厨杰米奥利弗的帮助来改进技术。

我在阿姆斯特丹找到了一家餐饮服务商，专为忙碌的阿姆斯特丹居民供应美食。这个公司很热闹，而且发展很快。我的老板伊莎在看过我那热情洋溢的面试信后，明白了我对烹饪的激情。

一开始，我负责打包运送伊莎和主厨早上做好的菜。随着时间的推移和公司的不断发展，我的工作内容也不断扩展，每个星期在厨房里工作两天。我享受着切菜、做汤汁、盛饭盛菜的过程和对食材的爱。

我还记得4月18日那天我们都做了哪些菜。菜单上有美味的素食三明治，配的是芝麻酱。肉菜我不记得了，因为我只吃素，我的记忆里只有那天晚上吃的那个三明治。

在回家的公交车上，我发现手机里有个妈妈的未接来电，我想这次来电肯定跟肿瘤医生打来的电话有关。上个星期四，我去做了个CT扫描，一周后医生会打电话来。我决定今天晚上再给妈妈回电话。对于检查结果我已经不那么好奇了，肯定不会有问题的。下车后，我遇到了一个室友，于是就忘了打电话的事。

对于每四个月一次的检查，我越来越懒得去。这样的检查已经跟我现在的生活格格不入。检查那天是爸爸陪我一起去的，我们事先决定检查后要出去好好玩玩。到了医生那儿，没五分钟我们就走了。如今已经没必要对我的健康展开长篇大论式的谈话了：我的身体一直很好，精力也很充沛。检查后，我们去城里吃了午餐，还参观了格罗宁根博物馆，在那里我把学到的知识讲给爸爸听。回到车里，我们聊起癌症给生活带来的影响。

"我不知道这话说得合不合适，"爸爸迟疑了一会儿，说，"你的胸部看起来很漂亮。"

我笑了。前不久我去冯医生那里做了个小检查，爸爸看到了我身上的疤痕和在手术中被保留下来的左胸。

"哈，谢谢，爸爸。"我的朋友们告诉我，在家上厕所都要把门锁上，以防她们的爸爸突然冲进去。自从十五岁那年爸爸给我洗过澡后，我们就不知道什么叫尴尬和难堪了。

"可我觉得不是很漂亮，没准以后会做个整形手术，顺便把另一半也做大一个罩杯。"我说。虽说那个坑没有我第一次看到时那么吓人了，可毕竟还是个坑。我仍然不愿意直视那半个胸，当然，那个坑还有疤痕的存在也不是毫无意义的，这些已经成了我身体的一部分。

"嗯，我明白，不过我还是觉得比想象中的好多了，那时候医生说可能整个胸都会被切除。"

"要是我有了男朋友，那才紧张呢。"我接着说。

"没错，早晚你都得跟他解释。"爸爸说。

接着我们又聊了生活和我的现状。

一个星期后，我做了一个世界上最好吃的三明治。下午五点左右，坐在太阳底下美美地享受。晚上的计划是学习。这时电话响了，是妈妈。

"亲爱的，"妈妈说，"能把楼下的门打开吗？我和爸爸就在门外。"我已经猜到他们为什么突然来这里了，可还是不愿意相信。

不要，千万不要是现在，这个想法穿过我的身体。我早就知道这一刻会到来，可千万别是现在。过去的几个月是那么充实，那么有意义，充满了生机。我走向镜子，看着那张满是泪水的脸庞。我走向电梯，还是不愿意相信这是真的，直到爸爸妈妈把我抱进了怀里。

"怎么了？到底怎么了？"我在他们怀里一边哭一边问。

就在那幢开启新生活的楼里，我们三个抱头痛哭，因为癌细胞又出现了。我们来到了我的小房间里，继续哭。

我伤心地跟爸爸妈妈说："爸爸妈妈，你们知道吗？我就要在生命的最高点停下来了。我是那么幸福，可是我已经没有未来了。"我们喝茶、喝咖啡、喝水，我开始收拾东西。一张卡片从记事本里掉了下来，上面写着："我把生命过得充满意义，经过了无数条高速公路，而且始终坚持用自己的方式。"我合上书本，放进了书橱里。

努力活着,哪怕没有明天。

**记住一个真理：
活在当下！**

对我而言，生活意味着质量，而不是长度。

歌唱生活吧，生活也会对你高歌，只因为你的存在值得高歌一曲。

对于未来你一无所知,唯一明了的是当着急做出选择时,那坚定无悔的态度。

我意识到自己其实
从来没有真正迷失过，
也一直没有
偏离过人生的轨道，
因为迷失也是其中的一部分。

我决定放手,
癌症虽然不会放开我,
但也不再主宰我的幸福。

在我离开的那一刻，
我的病也就好了。
那一刻，
我的身体已经痊愈，
我会永远活下去。

"劳拉,这些书你不带走吗?也好分散一下注意力。"爸爸说。

我摇了摇头,说:"学习还有什么意义呢?"说这句话的时候我的心也跟着碎了一地。我突然不再关心十九世纪有趣的哲学思想和艺术流派了,当下才是唯一重要的。**有些事一直停留在社会的外围,却与生活的本质息息相关,比如生命和死亡。**

我关上书橱的门,打包好行李,离开了阿姆斯特丹,离开了这座见证了我的新生活的城市。癌细胞在左右两只肺里扩散开来。那个早已被切除的肿瘤现在肆意复生。扩散的原因并不清楚,星期二我们会去跟肿瘤医生做个详细的了解。

坐在车里我给哥哥们打了电话。在未来的几天里,我通知了所有挚爱的人。星期五我和爸爸妈妈还有哥哥们度过了一个难忘的夜晚。在这样的夜晚我们又成了一家人,在一个癌症存在的世界里没有离婚,只有结合。

星期一我去了趟阿姆斯特丹,准备把癌细胞扩散的消息告诉那里的人。很多朋友和室友甚至都不知道我三年前生的那场重病,而我还是要把这个坏消息告诉他们。在我跟室友宣布这个消息时,觉得自己冷静得像个医生。对我来说癌细胞的扩散几乎变得很平常,这个事实已经成了我生命中的一部分,虽然它来得那么突然。我还给几位家人打了电话。我收到了陪我一起在旺图山骑行的叔叔发来的一封回信。他在邮件里说不知道该说什么好，只希望那个渴望生活的灵魂能找回一个健康的身体。

星期二，我做好了跟医生谈话的准备。我想知道肿瘤看起来究竟是什么样的，我能做些什么，究竟还能不能治好。

去医院的路上，我坐在车里，还在想是不是搞错了，是别人的检查结果吧？那个人现在还不知道命运跟自己开了一个怎样的玩笑。我们又来到了儿童门诊。因为我是十五岁那年得的癌症，所以一直都在儿科治疗。那鲜艳欢乐的色彩迎面扑来，又来了，又来到了这个熟悉的地方。有人打电话叫来了肿瘤医生，因为我们约的时间不在他正常接待病人的时间范围内。前台的接待人员把我们带进了一个小房间。又是这个小房间，之前我们也是在这个小房间里得到恶性肿瘤的消息的。爸爸妈妈看了看彼此，又看了看我，突然笑起来，笑声里带着些紧张，也带着一丝无奈。房间里没有窗户，很闷，桌子上放着一盒纸巾。

门开了，冯医生和一个护士走了进来，场景跟三年前一样：一样的环境，一样的护士和医生，三年前也是我们三个一起坐在这里。

"真糟糕，我们又见面了。"的确挺糟糕的，我根本不想来到这里，尤其在这个时候，在我生命重新开始缤纷绽放的时候。我们看到了CT扫描图和扩散的癌细胞。一共八个小球，它们即将毁了我的生活。我不能再骗自己这个扫描结果是别人的了，我的名字印在上面，而且很少有人会同时缺了那三条肋骨。

谈话的结果是目前有三个治疗可能。因为我每隔几个月就会做一次检查，最大的那个肿瘤还没有到巨大的程度，可是就在我的手术区域。第一个治疗方案是通过手术切除这个肿瘤，然后再做进一步的检查。方案二是通过放射治疗尽可能地消灭那八个肿瘤。因为我得的癌症很罕见，就这个治疗方案冯医生还要跟他国外的同事商量一下。现在不确定的是肿瘤会不会对放射治疗起反应。而我想知道的是，癌细胞又回来了，治疗的意义还有多大。我不想过治完这个病又得那个病的日子。完全治愈的可能性很小，只有10%的机会。第三个方案是以上两个方案都不考虑。化疗肯定不会再做了，上次生病的时候，化疗没有对我体内的肿瘤起任何作用。

谈话快接近尾声的时候，医生说："别着急做决定，好好想想。不过虽说要全面考虑，但我建议你还是不要想得太久，因为你现在的情况急需一个选择。不过不管你怎么做，都是你自己的选择，也就是最好的选择。"

就这样我们三个人又走出了医院。一方面因为极小的治愈机会而伤心，另一方面又因为机会的存在而充满希望。我们都牢牢抓住这个极小的机会，希望成了生活下去唯一动力。

对我而言，可以确定的是不会为了那10%的机会再让我的身体受任何摧残。这已经是第二次了，要做出一个所谓的选择并不容易。之所以说是所谓的选择，是因为我不确定这到底还算不算一个选择。我知道病成那样是什么滋味，也知道要让自己的生活再次走上正轨有多难。自愿的、毫不勉强的选择在这种情况下是不存在的。对我而言，希望和品质已经成了生活中的关键词。我希望未来的治疗能够让我多多少少好起来，希望自己能应付这个状况，也希望自己快快好起来。没有希望我不能也不愿活下去。再就是生活的品质。我很坚强，希望自己能够承受即将发生的一切。除了精神方面的品质，身体素质也是不可忽略的。

肿瘤医生的话一直回荡在我的脑海里。有一件事是真的，跟上次相比，我现在已经是成年人了，必须自己做出选择。过去的三年半里，我有意无意地为这个选择做了些准备。我变得很独立，明白最后要做出决定的是我自己。

我跟爸爸妈妈、哥哥们还有朋友们交谈，谈好处也谈坏处，谈我的感受和生活，谈死亡、友情和每个人在生命中都要做出的决定。在这些谈话中我意识到，虽然大家都支持我，但还是要我自己做出那个选择。这种感觉很复杂，既是一个包袱，也是一种自由。经过发生的一切，我知道自己不可能做出错误的选择，说简单点，选择永远不会错。在化疗后的一年我问过自己当时选择这样的治疗方式到底有没有走对路，因为化疗没有对我的病起到丝毫的帮助。可什么才是错误的选择呢？那时候我还不知道将来会发生什么。那时的我做出了一个对当时而言最好的选择，而现在的我就会做出不同的决定。不管你做出什么样的选择，都是好的。因为未来还在眼前，你不知道别的选择会不会更好。道理就是这么简单。

  对于未来你一无所知，唯一明了的是当自己做出选择时，那坚定无悔的态度。

▶ U2《Moment Of Surrender》

有时候，
放弃也是赢

请不要放弃拼搏，不为别的，
就为你自己。
我从未说过拼搏很轻松，
因为这本来就不是一件轻松的事。

——Racoon《Don't Give Up The Fight》

跟肿瘤医生第一次和第二次的谈话之间，我试图把杂乱的事情理出些头绪。在冯医生跟国外的同事讨论过我的病情后，结果表明治愈的希望仍然很小，于是我决定不再接受任何治疗。就算治疗能减缓病情，我也不想再继续下去了。这个想法清清楚楚地印在我的脑海里，可是我却不敢说出口。

在第二次谈话前的一个晚上我和丹尼在树林里散步，我说："我已经做出选择了，而且我想你也知道了。"

"是的，劳拉，我知道。你要为自己做选择，没有什么比这个更重要了。"

"我害怕被别人看作一个轻易放弃的人，因为我不是这样的。不管什么，我都会去试一试。"

"你可以从两方面来看。你选择的是生活的质量，完全不用因为别人的看法而选择治疗。"

"选择常规治疗看起来的确是整个社会对病人的普遍期

望,所以我才觉得我的主治医生特别勇敢。他敢于承认自己不确定能不能治好我,因为这就是事实。感觉上我不选择治疗就跟选择了死亡一样。"泪水从脸庞上滑落下来。我接着说:"有时候在葬礼上你会听说下葬的那个人是因为癌症而离开人世的。生前他是个勇士,经历了所有治疗,但最终还是离开了亲人朋友。这样的人被视为战士。而我呢?如果我说不想为了一个极小的治愈机会而接受治疗,算是放弃吗?如果我选择生活质量,而不是选择多活几个月,算是个失败者吗?"

"你知道,这跟成功失败无关。劳拉,这是你的生活。你做出的选择表明了你对生活的爱和对死亡的无所畏惧。"

我越来越觉得这一切跟输赢无关,我必须放下一切社会的陈规。

"也许我在自己眼里就是个失败者,"我嘟囔起来,"但不管做什么,我都会百分之百地付出。就算死,也要做个生命的赢家。"

我们继续往前走。明天,这个世界看起来就会不一样了。到那时我就真正做出选择了。而现在,我们尽情享受初来乍到的春天,也许这是我人生中最后一个春天了。

"丹尼,我可以问个奇怪的问题吗?我能养只小狗吗?"我一边抹眼泪,一边说,"我不想再一个人待着了,我想要一个永远陪着我的朋友。"

"好主意！你肯定想要一只大狗狗吧，拉布拉多怎么样？"

我笑出声来，说："怎么又给你猜到了？我已经在网上看过了。"我突然意识到，我早已经开始实践养狗这件事了，接着说，"我已经跟荷兰导盲犬基金会联系过了，他们那里专门训练导盲犬。工作人员给我介绍了一只狗狗，好给我做个伴。那只狗狗经过了全部训练，可太棒了。我一定会好好享受这段时光的。"

"劳拉，"丹尼好像要哭了，说："你这是在为未来做准备，那是一只即将出现在你的未来里的狗狗。听你说这些，我真是太高兴了。"

我看着丹尼，养狗的确跟我的未来有关，不管那个未来有多长，于是说："我在为一个短暂的，高质量的未来做准备。"

第二天，我们开车去格罗宁根。自从我得知癌细胞扩散以来，这是我第二次去看医生。坐在车里，我闭上眼睛，尽量保持平静的呼吸。我其实很紧张，想以轻松的态度进行这次谈话。我得冷静下来，等一下才能把决定告诉大家。过去的几天，我已经想得很清楚了。我回想着当时的治疗过程，特别是治疗后的那个阶段。我不害怕新的治疗，因为我知道我的身体能够承受。再就是我会全力启动生存模式，享受生命中的点滴。我还记得上次生病的日子。病痛让我的身体倍感沉重，而在精神上我却能享受内心的平静和身边的生活。事实上，治疗并不是我做出选择的决定因素。治疗过后的日子才是我的选择的基础。在过去的三年半里，只有九个月我的脑袋里没有出现癌症这个概念，也就是去到阿姆斯特丹之后的那段日子，我不再想着癌症，不再病着。由于精神方面的变化，我感觉到什么才是活着，什么才是真实的发自内心的幸福。同时我也感觉到治疗结束后的恐惧，因为我明白自己已经没有力气再去经历一次这样的治疗了。即使能够痊愈，我也觉得自己不再有精力去承受治疗过后的那个阶段。三年前与死亡的近距离接触让一切都变了。对我来说要活在一个没有死亡的世界里已经是不可能的了。

走进医院时，我感觉很平静，充满了力量。我踩着红色的高跟鞋，每走一步，内心就平静一点。妈妈拉着我的手，轻轻地握着。我默默地放开了妈妈的手，走到了前面。这一刻，我想单独在自己的茧里待一会儿，充分感受到内心的力量。就这样，我们走向了门诊部。我在最前面，爸爸妈妈并肩跟在后面。庆幸的是这次我们被安排到了另外一个房间，我看着爸妈,松了口气。

"最近怎么样啊?"握手的时候,冯医生问我。

"身体方面还可以,只是我已经知道自己又病了,其他的还挺好,休息得也不错。"

"在过去的几天里,你肯定想了很多吧?"医生问。我告诉他自己的确想了很多,不过还是抽时间把一些事情的头绪理清了。我问他放射治疗康复的可能性。之前他已经跟国外的同事讨论过这个话题了。

"放射治疗不可能把你体内的肿瘤全部消灭。"在介绍了一大堆消息后,冯医生下了这个结论。看来情况再清楚不过了,于是我问:"也就是说放射治疗只是延缓死期?"

"没错,确实只能起到延缓作用。"医生说。

"那手术呢?"既然情况都这样了,我也就豁出去了。我要通过这次谈话把病情了解得清清楚楚。只有这样才能真正做出选择,才不会觉得自己是个轻易放弃的人。

"我想在切除那些肿瘤后,过个半年我们又要见面了。"

"这么说肿瘤还是会回来?"

"这个没人知道,不过机会很大。"

"哦,"我咽了一口口水,积聚了所有的力量,说:"那我知道该怎么做了。在过去一段时间里体验到的生活质量我想尽可能地延长下去。**正是出于对生活的爱，我才选择了生命的另一面：死亡。如果生命的最后几天要在医院里将就，还不如选择活得充满意义。**"我并没有直接说出我的决定，就连爸爸妈妈也不知道我接下来有什么打算。我一定要独立做出选择。爸爸妈妈也完全信任我，跟我一样，确信我已经做好了选择的准备。

我是一个生活的艺术家，而这也是我做出这个选择的原因。生活充满了意义，不去好好享受也太可惜了。**对我而言，生活意味着质量，而不是长度。**在生命的最后几天，我要正常地度过，而不是在医院里晃荡。至于我对于输赢的想法，跟几年前一样，我会对其进行校正。今生我不会输，只会赢。

▶ Racoon《Don't Give Up The Fight》

你越强大，
困难就越渺小

你会一次又一次地听我说，
爱上你是多么幸运，
爱上你是多么幸运。

——Rod Stewart《Time After Time》

现在知道自己好不了了，主要有两种情绪主导着我。一方面，我为自己不再有未来而伤心。在阿姆斯特丹的那段日子，我第一次感受到自己生机勃勃，可以活到八十岁。而现在有很多事我将再也无法经历，这样的想法让我很难接受。

当然，所有人都可能随时离开这个世界，对我而言这却成了当下最重要的话题，需要时间来消化这个过程。我已经计划好的未来和一些比较遥远的计划，比如建立家庭，找工作，买房子，虽然都还没个影子，却可以在某个下午没事的时候想想，现在都没有意义了，这种感觉好不切实际。

我是个有志向的人，眼前出现了一个本该属于自己的宏大生活。

另一方面我又感受到无穷的力量，让我过好生命的最后几天。我每天都会问自己：到底想要什么？是活着吗？如果是，那就赶紧振作起精神来！别只说不做。我还活着，这已经很棒了。我不仅仅要活着，还要用尽全力，直到享受完生活的最后一滴甘露。说到底我就只有一次生命，一次短暂的生命。每天我都会特意对自己说：记住去享受生活，要幸福快乐。这总比成天哭鼻子好多了。

我怎么能就这么放弃生活的希望？怎么能就这么等待生命的终结？我之所以来到这个世界，难道不是为了绽放光芒，让世界充满爱的吗？每一天我都要做出一个选择，彻底地幸福地活着。

谈话结束几个小时后，爸爸给我打来电话："劳拉，感觉怎么样？"

"感觉空空的，不过心里很平静，因为这是我自己做出的选择。爸爸你呢？感觉怎么样？"

"我也感觉空空的，你接下来有什么打算？等着你的说不定就是一场战争。"

我拿着电话走了出去，一只蝴蝶从身边飞过，飞向了那些早早就开放了的花儿。"爸爸，没事的，我既然选择了生活质量，就能够承受这个选择带来的后果。这个选择也不是凭空做出来的。

我之所以这么做，是因为我对未来的这段日子充满了期待，会尽自己最大的努力过好每一天。对待每件事我都会全力以赴。"

"我知道你可以,劳拉。我只是很难过。你要记住的是,我们一定会陪你度过接下来的这段日子。"

我挂上电话,走向了翩翩飞舞的蝴蝶。

接下去的几天我去了阿姆斯特丹,继续工作,在属于我的这座城市里寻找内心的平静。下班后,我沿着运河散步,感受到生命力一点点地回到身体里。我感觉就像慢慢醒来,从一个气泡中被释放出来。

我站在一个不冷清的电车站等电车,准备回宿舍去。一个戴着头巾的女人坐在我旁边,应该是去医院做化疗的。等一会儿她会跟我一起上车,车会在医院门口停下来。我看着她,很想告诉她我会感同身受,会在接下去的日子里时不时想到她。她要面对的生活和我现在的生活比起来,要沉重好多。也许她还希望能够被治愈,而她要为此付出的代价在我看来巨大无比。

话到嘴边又被我咽了下去。我不知道怎么才能让她了解到曾经类似的经历。也许不完全相同,因为每个人的背景和个性都不一样,可面对这种情况的感觉是相通的。

等了好久电车还没来。我把目光投向别处,看着眼前的广场。汽车在周围穿梭不停,一个妈妈抱着宝宝过马路。我感觉自己和那个系头巾的女人与这个忙碌的广场融为了一体。我们都在等待一段未来，可没人知道这个未来能持续多久。我们也不知道还能见证几次日出，目睹几次黑夜。

电车从远处开了过来。一个年轻男子走进了我和那个系头巾的女人共同组成的小小的世界，站在离我一米远的地方。他看起来很健康，应该是刚下班。他拿起手机，看有没有人发短信来。

算你好运，我看着那个男人，心里默想。我们俩就快死了，而你还能活下去。

晚上丹尼来看我，我点燃了生命中的第一支香烟。我很不喜欢香烟的味道，可还是想试一试。抽烟的乐趣很快就消失了，可我还是坚持把烟抽完了。我一边抽烟一边说："我可以理解抽烟能给人们带来内心的平静。可这么多人把抽烟变成了一种习惯，我还是觉得很奇怪。只要抽上一口，我就知道这有多不健康。"

丹尼说："这是一种理清思绪的过程，是一种铁打不动的习惯。"说完又点了一支。

我的第一支香烟立马就成了最后一支。

"说到平静，"我说，"能够感受到内心的平静真好。我想这是因为我不善于面对不确定因素。

第一次生病的时候，我知道接下去会发生什么。可治疗过后，我便完全失去了对生命的掌控，不知道自己还能活多久。"

"这也是生命有意思的地方，没人知道自己能活多久。不过对你而言，这个问题的答案很关键。"丹尼说。

"没错，我想我现在之所以能够获得内心的平静，是因为我确定自己生病了，会离开这个世界。什么时候，以什么样的方式我还不知道。可这个小小的确定因素却给我带来了内心的平静。"

每当哥哥们来吃饭，我们就小心翼翼地一起制订未来的计划。我会离开人世这个消息，并没有让我和哥哥们之间的关系受到影响。

曾经有人问过我们之间的关系是不是变得比以前更亲密了。不是的，我们对彼此的爱并没有加倍，因为那种爱本身已经非常浓厚了。我们聊天，倾听，时而沉默，互相发短信，问好，活着，就跟从前一样，生活照旧进行。我们聊哥哥们的梦想和雄心，一聊就是一个下午。

除此之外我们也聊我的生活和他们的未来，以及他们对现在和未来的需求。

现在还是我们四个待在一起……我经常这么想。虽然我们还是像以前一样相处，但这段时间都在有意地创造经历、生活和记忆。要是我不在了，只剩下他们三个，该怎么找回现在的平衡呢？

这段日子里，我们经常四个人一起制订计划。吉姆是我们四个中第一个开口的。

"劳拉，我们一起去文身吧。"吉姆看着我问。在文过那个无限的标志后，我发誓这将是我的第一个也是最后一个文身。当他说出"我们四个人一起去文身"时，我立刻明白了他的意思，问："你想要个什么样的图案呢？"

"你的名字呗。"他一边摸右边的手臂，一边说。

"如上帝所愿。"我一边说，一边指着他的文身说。现在的我不敢做一个星期以上的打算。渐渐地，我的日程表越来越满，从一周的计划变成了两周，这也就达到上限了。

我平静地接受这一切，也不再抗拒这种感觉，这就是我的生活。

"好，就这么说定了。"我看着哥哥们。

丹尼说："那什么，我可不会把你的名字文在身上，我想要一个代表我们四个的图案。"

我们一起在网上找哇找。我还是喜欢那个无限的象征。一来是我已经有这个文身了，二来是我们四个好得就跟一个人似的。

"全世界一半人都有那个文身。"约普说。

"没错,可这对我们来说不一样。"我一边说,一边看着左手的手腕。

我们约了一家文身店,店里的设计师会为我们设计出不同的图案,这样一来每个人就都有属于自己的象征了。我决定在原本的文身上加四只脚,因为我刚出生时,爸爸妈妈寄给别人的卡片上就有四只脚丫。排在最后的那只是金色的。

后来吉姆又想到一个主意,说:"我想骑车上旺图山。趁你还在,我想再体验一次你和那座山之间的纽带。"

听了这个提议,我们都很激动。要是能一起上山,别提多棒了。

一天晚上,我们再次小心翼翼地计划起那个也许已经不属于我的未来,后来还跟丹尼喝了一杯小酒。

我说:"你知道我最开心的是什么吗?是我们还能像检查结果出来前一样,拥有这样的夜晚。我们一起笑,一起哭,一起思考生活,彼此相爱,以前也是这样的。这样看来什么也没变。"

"确实没怎么变,也许比以前多了些许的深刻。对现在而言享受彼此的存在是最关键的,不过以前也一样。"

"我们四个从小到大一直待在一起,一直一起生活,也许很快就不能这样了,感觉好奇怪啊。"

"我们会一直待在一起的。只是过一段日子,你可能就不坐在我身边,在我上班前也不会给我发可爱的短信,这样的念想有时还是让我无法承受。"

"让我觉得不真实的是我感觉自己很健康,所有人都说我精神很好。这正是情况复杂的地方。我对自己的身体越来越没信心,就好像这个身体渐渐不再属于我似的。检查确认了癌细胞的扩散,可在那之前我没有任何不舒服的地方,感觉自己健康极了。"我想了想,继续说,"在这样的情况下,我仍然觉得自己很健康是件很奇怪的事。我不清楚自己的身体状况究竟如何。不过从另一方面来看也是一件好事。因为我身体上感觉不错,就可以全身心地享受接下来的时光。"

"那种健康的感觉并不是身体的错觉,而是一种礼物,一个值得高兴的礼物。"

我突然想到独自一人时的不安。跟别人待在一起的时候,我就很平静。可是只要一个人待着,现实就会变得沉重起来,因为我会去思考未来的时光。跟别人待在一起时,就会对身体里潜藏的力量充满信心。

"我会时不时感到恐惧,因为我不知道自己的身体里正上演着什么样的画面。因为癌细胞的扩散，我已经不认识活在这个身体里的自己了。我知道，在离开这个世界之前，我会变得脆弱无比。然而我也知道我能从生命的终结里发掘出无限的力量。我明白那脆弱坍塌的过程不会持续很久，到了那一刻，终点就在眼前了。在我看来，那一刻对你们来说更加沉重，因为我走后，你们还得应付眼下的情况，而对我来说，一切都已经过去了。我相信自己一定能承受身体的疼痛、疲劳和消瘦，因为我明白这之后等待着我的是什么。**在我离开的那一刻，我的病也就好了。那一刻，我的身体已经痊愈，我会永远活下去。**"

"没错，亲爱的，"丹尼说，"我希望这将会是一个美丽的过程。"

▶ Rod Stewart《Time After Time》

Part Three

我要为自己的选择精彩地活着

积极面对
美好的每一天

在上帝和真相面前,我不需要证明。
我看到了日出,我感知着一切。

——Live《Heaven》

在接下来的几个星期里,我迈出步伐,准备迎接即将来临的死亡。我要跟洛丝一起在阿姆斯特丹找一间公寓,同时也忙着申请那只陪伴我的狗狗。我也想过向生活屈服,因为我不能同时处理这两件事。然而,我又想到这两件重要的事也不能等得太久,不然我的时间就不够了。想到这儿,我会不安。这期间我经常去妈妈家,因为我在那个小房间里已经快待不下去了,我完全无法参与室友之间的对话。癌症又成了我的主旋律。

"我受够了,"我对妈妈说,"不是因为你,也不是因为这座房子,而是因为我无法在那个我深爱的城市里继续生活下去。阿姆斯特丹是上天在我生命即将终结时的恩赐,这座城市给我注入了那么多能量,给了我家的感觉。"我搬到妈妈家以后,就不用一个人独自生活了。这一点对我而言非常重要,也只有这样我才能在接下来的日子里好好地享受生活。

"你已经尽力了，别再勉强自己了。"妈妈说。

我上网注册了各种各样的房屋中介会员，也求助我在阿姆斯特丹的朋友，希望他们能帮到我。我对妈妈说："我知道，可就这么低头放弃，好难哪！这两件事决定了我在未来这段日子里的幸福。我可以向我即将离世这个事实屈服，不过也不是毫无条件的。我要拥有一间让我有归属感的公寓，还有一只陪伴我的狗狗，这样我才会幸福起来。"

"劳拉，你要有信心，一切都会如你愿的，真的。"妈妈说。

那个星期我跟洛丝约好见面。在我还不知道自己得病的时候，我们就开始在阿姆斯特丹找房子了。如今找房子的目的却发生了变化。在学生宿舍里，我们俩一起喝茶，看书，看电影，喝红酒，愉快地生活，也进行深刻的交谈。几个星期前我们还在为快乐的学生生活找房子，现在却是为我找最后一个落脚点。我心里暗想：我们要找一个适合告别的地方。对于那个地方我要有强烈的归属感，好度过剩下的日子。我要在那里接待所有我想见的人，还要跟洛丝再喝上一杯。我知道这不仅对我的生活有影响，对她的生活也一样。她还会愿意跟我住在一间房子里吗？一到学生公寓，我就直奔房间，好准备与洛丝的交谈。走到门前，我发现门底下有一封信。

"我想对你说,虽然我不知道在接下来的日子里会发生什么,我们都无法预测未来。尽管如此,我还是想跟你住在一起。我们之间的友情是那么美好,应该在最困难的时候支持对方。爱你的洛丝"

眼泪顺着我的脸庞流了下来。我很感激上天赐给我这般美丽的友情,心里想:我们肯定很快就能一起住进一间舒舒服服的房子了。

我和洛丝待在我的房间里。她坐在床上,我坐在靠墙的椅子上。一打开房间门,走廊里的灰尘翩翩起舞,我的房间里却依然整洁干净。我拉上了半边窗帘,天已经黑了。

"你有没有非常恼怒的时候呢?"洛丝问。

"对谁呀?"我问。

"对生活,对你的病,对生病的原因。"

"我从来都没问过自己为什么病的偏偏是我。我还记得第一次生病的时候,大家都对我说:'怎么会是你呢?'我的回答是:'难道你想是你吗?'对于为什么生病的是我这个问题我从来都没真正关心过。"

"可这个问题很正常啊。现在的你很平静,不过你也可以放声大哭哇。"洛丝说。

"我几乎不哭。"我说。

"从来没哭过吗?"洛丝问。

"郁闷的时候当然有了。每到那时我就会很恨现在的情况,很想跟你们一样活下去。**可是每个人都有属于自己的生活。我生病了,有人可能遇到了车祸,也有人貌似享受着完美的生活,却并不真正幸福。**"

"我好想把你说的话录下来。并不是所有身处其中的人都能有这样的体验,说出这样的话来的。"洛丝说。

"我想过把自己的生活拍成电影,不过主要目的是不让身边的人忘记我。"我停了一会儿继续说,"我并不是害怕被遗忘,只是觉得不久后没了我,地球仍然在旋转这个事实很奇怪。"

洛丝看着我,说:"正是因为你这么年轻就离开了大家,所有人都会记得你的。不久前我跟一个八十岁的老人聊天,她说身边的人都渐渐去世了,等她离开这个世界的那一天,就没人会记得她了,而你会永远活在我们心中的。"停了一会儿,洛丝接着说,"虽然生孩子还是很久以后的事,我跟我男朋友说,我们会把第一个女儿起名为劳拉。"

这话让我想起了朵林,她也跟男朋友说他们的第一个女儿会叫劳拉。身边有这样的朋友存在,让我感到很幸福,而这对我的父母来说也会变得很特别。等洛丝和朵林的宝宝出生后,爸妈收到的贺卡上就都写着我的名字。

"面对还能活很久这个事实你会不会有种空洞的感觉？"我问，"说不定你会在我前面离开这个世界，你永远都猜不到未来会发生什么。我是说，你有没有一种'未来'的感觉，要充满责任感地去度过这漫长的一生？拥有一个未来到底是一种解脱，还是一种迷惑？我很好奇，因为15岁那年未来就在我的世界里消失了。很多人问我没有未来的生活是什么样的，而我却想知道一个拥有未来的生活是什么样的。"

"在我看来，未来既不空洞，也不是什么沉重的责任，相比之下，更像一件自然而然的事。我很少想到未来，可能是因为它已经存在于我的生命中。"洛丝顿了顿，接着说，"我现在的专业很无聊，以后肯定不会做跟这专业有关的工作。想到你现在的情况，我就不断地问自己：为什么还要继续学下去？"

"为了拿到本科文凭？"我说。

"可是上课的时候我不好好利用时间，大把的时间花在毫不感兴趣的理论上，就这样耗了一天又一天。而你呢，把每天都过得充满意义。"

"是啊，我经常在想该怎么规划时间，有时都快被自己弄疯了，因为我总在找事情来填补生活中的空缺。这就导致我整天都在思考，有没有因为我的存在，世界变得更加美好。所以我从不休息，也不看电视来打发时间。"我想了想，继续说，"不过我也经常意识到自己的想法高过实际。去年的这个时候我的目标还是好好学习，拿下考试，可是这个目标有意义吗？现在看来答案是否定的。对整个人类来说，这个目标是没有意义的。它不能给饥饿的人带来一碗米饭，不能给妇女带来公平的地位，也不能为一座遥远的小村庄建一所医院。"

"可这对你来说是非常有意义的啊，因为你从中得到了满足。"洛丝说。

"这段时间在我的生命中留下的烙印，那些跟你还有其他人的谈话，让我觉得这些日子充满了价值。"我说。

"我认为，**生活之所以美好，是因为我没有用消极的态度来看待生活。成长总是积极向上的，虽然有时得多拐几道弯。不过在那以后你就能欣赏到出乎意料的无限的美景。那是对生活的一种憧憬，充满了成长和创新。**"

▶ Live《Heaven》

重要的是
你想要怎么做

一阵清凉的风吹过我的生命,
也许风力太大。
一阵清凉的风吹过我的生命,
让我迷茫,失去了方向。

——Jurk《Zou Zo Graag》

早晨坐在去上班的公车里，我昏昏欲睡，iPod还开着。在睁开眼睛前的那一刹那，我突然明白自己一直在等待的究竟是什么。在眼睛闭上和睁开的瞬间，我突然明白自己等的不是一只狗或者一间公寓，而是属于我的那只狗和属于我的那间房子。

明白了这一点，我的生活发生了质的变化。我的狗狗已经在某处欢快地奔跑，只是我们还没有相遇，我在等待的是属于我的那条狗狗。房子也是同样的道理。它已经存在，只是我还没有住进去。这些想法让我的内心平静下来。

一天后，蒂尔莎出现在了我的生活里。这只可爱的黑色的拉布拉多犬，一个星期后便成了我的狗狗。和它在一起，感觉就像我们已经认识了好久。那之后不久，又传来了一个好消息：我们的房子有着落了。我和洛丝一个月后会搬进去的这座房子超过了我俩的期望，房子在阿姆斯特丹老城区，牵着蒂尔莎我可以走路上班。房子里有一个卧室，一个可以改成卧室的小房间，此外还有一间客厅，一扇敞开的门直通阳台。最重要的是在我和洛丝第一次走进这间公寓时，就产生了一种无法抗拒的感觉，这种感觉叫作归属感。公寓伸出了双臂，把我俩拥在怀里，就像一张暖洋洋的毯子。我们需要的正是这样的温暖。随着时间的推移，我对生活的崇拜越来越强烈，看来它把一切都安排得天衣无缝。前一天还没想到的，后一天就出现了。我感谢生命赐予我的一切，蒂尔莎和这间公寓都让我感到无限的惊喜和幸福。蒂尔莎和我似乎永远不会分开，这间公寓也那么特别。洛丝和我走进公寓的那一瞬间就知道这将会成为我们的家。

晚上我躺在宿舍的床上，感觉一切是那么不真实。因为癌细胞扩散的这个消息，那个空洞的感觉仍然存在。从我得知消息到现在已经五个星期了。我牢牢攥在手中的目标——一间公寓和一只狗狗现在全都实现了。对它们的期待给我的内心带来了平静，因为我感受到它们给我那摇摆不定的生活带来了些许的确定因素。现在那些确定因素变成了事实，我也就不再焦虑。

尽管如此，我的生命已进入倒计时这个残酷的事实还是向我袭来。现在我的生活变得如此平静，突然没了头绪，不知道在接下去的日子里该做些什么了。在不明确自己还能活多久的情况下该如何生活？生活是不是要走走停停，看看下一步到底该如何前进呢？

幸福感突然变成了失落的感觉。我被急促地推进了成年人的世界，要料理家务，好好照顾自己。我第一次体验到拥有一座自己的房子的感觉，同时也很怀念爸爸给我热巧克力奶，妈妈抱我上床睡觉的时光。

我的童年早就过去了，可感觉还在眼前。我很想有个能照顾自己、带蒂尔莎出去遛弯儿、为我买菜洗衣服的人，一个能为我分担生活琐事的人。

我讨厌学生宿舍厨房里那些永远堆得乱七八糟的杂物，同时又很爱那个地方，那里总有人出没。现在我要跟这个地方告别了，我的生活发生了变化。我从一个普通学生变回了绝症患者。一个治愈无效的病人是无法学习的，因为学习是为拥有未来。

这么看来，这个地方已经不再适合我了，虽然我很想把它作为自己的宿舍保留下来。和学生公寓的告别不仅仅意味着和宿舍的告别，也意味着和过去这段日子彻底的诀别。吸气，呼气，再吸气，再呼气。内心的平静终于又回来了，刚才那种不好的感觉消失了，我平静地睡着了。

第二天还纠缠着我的一个问题是："到底要做点什么

呢?"这段日子里我经常听到这个问题,朋友们问,很多不认识的人也问,他们都想知道我打算怎么度过这剩下的日子。换作是我,就不会去跟一个刚刚得知自己活不久的人提这个问题。**打算做什么?这很重要吗?**这个问题冲击着我面对未来的**平静的态度,而且我也并没有什么非做不可的事。**

我和丹尼坐在凡多公园的草地上,享受着阳光,蒂尔莎躺在我脚边。我说:"生活如此平静,有时候感觉还挺恐怖的。我在餐厅的厨房里切蔬菜时,就在想:就这样了吗?我余下的几天就要这么度过吗?人们问我的那些问题让我不安。感觉好像非得去趟巴西,或者做出什么宏伟的计划,才是用尽全力去体验这个世界。"我把一个小球扔向草坪,蒂尔莎追了过去,我笑起来。

"人会因为平静而变得不安。现在我跟你躺在这片草坪上,唯一感受到的就是生活中的点滴给我带来的幸福。如果我飞去巴西,就不会有人再来问我接下去的日子有什么打算了。难道他们就不明白,即使到了巴西,生活对我来说仍然不会发生任何变化吗?"

"别人怎么想并不重要,重要的是你的感觉。"丹尼说。

"这个道理我也明白。可是这个问题逼我赤裸裸地站在选择面前。其实他们问我这个问题也挺好的,能让我更加有意识地做出选择。正因为提出了这个问题,我才有意识地告诉他们我在切菜,在凡多公园里晒太阳。"说到这儿,我俩都沉默起来。

"我没有什么特别想做的事,就想安静地等待事情发生。我把这段日子看作休假,结局已经摆在那里了。读懂生命的终结给了我无限的力气。我明白现在经历的四季,明年也许就看不到了,如今我只希望自己可以再拥有一次这样的体验。这种想法几乎在逼迫我,要我好好享受这段时光。当即将来临的冬天飘落皑皑的白雪时,我就享受美丽的雪花。当春天来临鸟儿欢唱时,我便感谢生活让我再次听到美妙的鸟鸣。当太阳再次升起,我便感受到身体里的暖意。当树叶飘零,我便感谢大自然带来的美丽的秋天。这一切都是生命的延续。就跟每个身处世界杯决赛的人一样,我也会为了赢得比赛而用尽全力。对我来说,赢比享受来得重要。我要生活,体验,学习,成长,梦想,实践。我现在所拥有的生活,享受'多余'的时间,被染上了缤纷的色彩,镶上了金边。"

太阳从一片云朵后面探出了脑袋,阳光照在我们身上。

"生活的可悲之处就是前面要走的路都看似已经被安排好了。"一天,朵林来阿姆斯特丹看我,她说,"我四岁的时候上小学,然后上中学,现在上大学。我已经谈了几年恋爱,这之后就会同居，在硕士毕业后会找到一份不错的工作。那时我也三十左右了，是成立家庭的时候了。我想我会一直工作到七十岁。"

我松了一口气，想：不会经历朵林所列举的这些事，我是不是该高兴呢？我很想继续活下去，既然没这个可能，也可以因为不用过八十年无聊的生活而偷偷松口气。我可以接受一切，就是不能接受无聊和可以预知的生活方式。我的生活充满了急迫感，可最终耐心还是会战胜急迫。从第一次生病的那段日子里学到的不是急迫地生活，而是想要把生活过得精彩，过得意义非凡。内心的急迫让我的生活变得美好，不过有时也让我疲惫不堪。如果我的身体感到疲劳、疼痛或者不舒服，我就会放慢脚步，可是我的精神却一路勇往直前。

▶ Jurk《Zou Zo Graag》

通往天堂的路
不会一帆风顺

外面刮着狂风,你却停下脚步,
等待暴雨的来临。
这些话无法为你遮风挡雨。

——Hurts《Silver Lining》

当然了，我也有困难的时候，特别是一个人想太多的时候。我认为，想得太多是不会有什么好处的。每到这样的时刻，我就希望生活还跟从前一样，简单而纯粹。也是在那样的时刻，我会害怕死亡，好在这样的场景出现的频率并不高。癌细胞在我的肺部扩散开来，我可能会慢慢死去，因为肺里能容纳的空气会越来越少。就像头上时刻悬着一把宝剑，随时有可能落下来，我似乎已经在山顶看到了山下的悬崖。我时常觉得自己可以承受一切，但内心的种种焦虑又不时向我袭来，让我想到不久前在学生宿舍里学习的日子。我期待那种无忧无虑的简单的生活。每一天每个人都有属于自己的担心，我也一样。可跟现在比起来，就太不一样了。我要努力地过好每时每刻，可没有那些困难的日子，我是收获不了幸福时光的。我得撑下去，放开一切，活下去。我无时无刻不在告诉自己：没人知道我什么时候会死去。

有时候我会幻想离开这个世界的那一天。如果能在一个满天繁星的夜晚突然停止心跳,那该多么美好啊。可能是因为害怕身体带来的疼痛,我希望死亡的过程不要太久。到了那时,我也已经准备好了。我希望在生命力最旺盛的时候,带着享受的心态,平静地,而并非刻意地与他人告别,离开这个世界。从凡间到天堂的路并不远。我始终觉得死亡不是一个时刻,而是一个我每天都在经历的过程。我正在慢慢地死去,在我跟未来永别的那一天,身体的一部分已经瓦解了。我的身体正在一点点慢慢地消亡。未来、梦想、童年、衰老,都在一点点地消逝。不断变大的肿瘤吞噬着我活在地球上的时间,我的身体没有做出任何反抗,反而告诉我这样挺好。可惜的是我无法加速这个过程,只能屈服,享受生活,用自己喜欢的方式活下去。我心里明白自己并不是一个人,这样的想法给接下来的日子带来了不少安慰。

在身体越来越虚弱的情况下,我就得做好思想上的准备。所以我打算跟阿姆斯特丹的家庭医生见面。因为我先前只是在这里上学,也就没在当地找家庭医生。现在我打算住在这里,就得有个当地的医生了。

我独自前往,我坐在医生面前,感觉到了医生的迷惑。前十分钟的谈话只是互相试探,一开始他尽量回避"死亡"这个词,直到从我嘴里出现。因为我想把一切都打听清楚。

虽然我觉得第一次跟家庭医生见面,不应该称他为"你",但我还是想跟他建立一种比较亲近的关系,因为他会参与到我的死亡中来。

"你怎么看安乐死?"做完自我介绍,我提出了这个问题。他告诉我这个诊所并不抗拒安乐死。病人可以有多种选择,比如缓和镇静。在病人撑不下去的某一刻,就会缓缓进入睡眠。

"我会给你注射超量的安眠药,之后你就再也醒不过来了。"

"这跟主动安乐死有什么区别呢?在这两种情况下,你都会给我注射药物,而我就再也不会醒过来了。"

"两者间最大的区别就是,如果选择了主动安乐死,你就要在意识完全清醒的条件下选择注射药物的时刻。这样,死亡就成了一个有意识的过程。你不能突然要求终止生命,而要慢慢地靠近那个终点,我们得一起就当时的情况做出决定。"医生停了停,继续说,"最终的结果都一样,只是如果你选择主动安乐死,我就得跟仲裁官汇报。大多数病人都选择缓和镇静。不过再强调一次,只要我们之间保持交流,一切都有可能。在你的病史中我并没有读到禁止主动安乐死的记录。"

"我还不知道自己会做出什么样的选择,只希望主动安乐死不会成为唯一的选择。我相信生命是无法计划的。"

"你在这儿有可以依靠的人吗?"

现在的这个场景对我的家庭医生来说一定奇怪极了。一个十九岁的女孩来咨询安乐死,前不久她还决定独自到这个陌生的城市开始新的生活。我认真思考着他的问题,并得出了答案:爸爸妈妈一直都在默默地支持我,并且会一如既往地支持下去,在有需要的时候我还可以去找哥哥们。正因为这些坚强的后盾我才能做出独立生活的决定,因为我从来都不是一个人。

这个星期吉姆打电话来,问:"劳拉,怎么样?还应付得了吗?"

生命中的大事我都能看得很透彻,比如我的生活和走向死亡的道路。反倒是些小事时不时碰钉子。比如说去超市买东西就可能成为一项艰巨的任务。我在把精力集中到小事的同时,还总想着那些大事。

"挺好的,就是有时候很累。我可以承受这一切,可有时候又太好强了。住在这里我当然很高兴,可有时候也很想有个人能替我铺床,给我准备好早餐,为我洗衣服,带蒂尔莎出去散步。现在我把这些事一一列举出来,听起来好像很琐碎,可有时繁重的恰恰是这些小事。"

吉姆想了想,说:"劳拉,听你说这些我很开心。你知道我们会一直陪着你的。虽然我不一定想得到你说的那些事,可我非常愿意为你效力。"

"嗯,我知道,只是我的独立好强成了一块绊脚石。我不想再像四年前那样,失去对生活的控制。我不想爸爸再帮我洗澡,妈妈再帮我做早餐。我不想再提出这样的请求,一旦提出了,就没个头了。"我想:我的独立自主既是我的强项,也是我的弱点。

"我只是害怕一旦开始让你们帮忙,就会失去自己的生活,而这正是我一直在努力创造的。"我轻声说。

"我只是说出我的想法,我很想照顾你,当然我也理解你还没做好准备。"

"我只是不想因为去超市买东西这种小事成为别人眼中的弱者。"

"你觉得那是弱者的表现吗?"

"我明白不接受别人的帮助才是弱者的表现。我之所以这么说是因为去年还能自己处理这些事。"

"可是劳拉,情况跟以前不一样了。"

"也许我是应该请你们来帮忙。也许我提出的要求会很不合理，如果真的是这样，我希望你们能主动告诉我，而不是等到我提出来。我想要等我提出来，可能得过很久。"

"亲爱的，我会支持你的。"

我想着吉姆和我的那通电话，想着每天都给我打电话的爸爸妈妈。

"我爸爸妈妈是我的依靠，我随时可以让他们来帮忙。我的哥哥们也常来看我，对了，我在这儿还有一个室友和其他朋友。爸爸妈妈经常跟我说他们可以来照顾我。对了，如果我真的病到那个程度，最好还是能待在家里，你说这可能吗？"

医生给我介绍了几种临终关怀和安乐死的可能。之前我已经跟洛丝讨论过在家安乐死的话题。一天下午，我们点上蜡烛，捧着一杯茶，开始讨论我离开这个世界的那一天。是我先提起这个话题的，因为我很想亲眼看见一次临终关怀。

"如果我想在这里安乐死，你怎么看呢？我们俩都把这里当成自己的家，然而家是给活着的人住的，所以对我来说，你能继续在这里住下去比我在这里告别重要得多。"

"可你不想在这里跟大家告别吗？"

我摇了摇头："只要我知道你能继续在这里住下去，也就满足了。这样我在哪里，也就无所谓了。"

"如果我已经决定在你离开后就不住在这里了呢？这里的

确有家的感觉,可这是我们俩的家,不是我或者你一个人的。正因为这是我们俩的,所以我才不想以后有别人住进你的房间,也不想别人躺在你躺过的沙发上。"洛丝说。

我们谈了我在家安乐死的愿望,洛丝的结论是,如果在离开这个世界前的几个月我搬离我们住的公寓,她永远都不会原谅自己。

"你怎么就不可以死在自己家里呢?我可不能接受这个想法,所以也不会这么做。"洛丝说。

她的直截了当让我觉得好笑,觉得眼前的这一切都挺好。蜡烛渐渐熄灭了,太阳已经下山了,酒瓶子也空了,我俩准备去睡觉了。这个话题已经谈得很透彻了,虽然最终的决定也许会被重新审视、讨论。

"我希望能在家里与这个世界告别。"我看着家庭医生说,"我希望我的室友能够承受这一切,她的幸福对我来说很重要,不过我相信这不是问题,这个话题我们已经讨论过了。"

和家庭医生的谈话接近尾声时,我对他真诚直白的态度表示感谢。到家后,我泡了一杯茶,跟蒂尔莎慵懒地坐在阳台上。要想的事情太多了,我无法停止思考。生命的最后阶段是无法计划的,然而我却可以做出选择,试图了解自己究竟想要什么,不想要什么。说实话,我并不想选择主动安乐死,死亡不是什么可以计划的事。在我看来,主动安乐死是西方社会的典型选择:约好了日期和时间,安排好死亡的那个时刻。当然了,对有些人来说也许是件好事。**我觉得死亡就跟出生一样:那个时刻该来就来了,计划不了。**

我一边喝茶一边想:缓和镇静可能也不适合我。我做的选择都是经过深思熟虑的,所以也希望以这样的方式来经历死亡。我可以承受死亡,因为在心跳停止的一瞬间,另一个全新的、美好的世界会伸出双臂,把我拥在怀里。注射了吗啡就感觉不到疼痛,这样迈上去天堂的路也不错。然而因为吗啡和安眠药让我脱离意识和家人,是与我的愿望相违背的。

▶ Hurts《Silver Lining》

既然无法选择，
那就迎接它的到来吧

在我眼里你是如此美丽，
在我眼里你是如此美丽。

——Joe Cocker《You Are So Beautiful》

日子一天天过去，时间过得如流水般飞快。正因为时间飞逝，我才需要好好想想怎么度过剩下的日子。我经常写作，带蒂尔莎出去散步，跟好朋友见面。

为我与这个世界的告别做好准备，过好当下的每一天，也随时接受告别的来临。

我问朵林要不要陪我一起去买葬礼上的衣服。我说："我想要一件漂亮的裙子，就像晚会上穿的那种。还是买一件平时也可以穿的呢？不管哪种风格，我都要展现出十足的女人味，穿着裙子、高跟鞋，戴着首饰进棺材。"

就这样，我和朵林开始了一场寻找完美裙子的急速之旅。在Zara和H&M逛了一圈，一无所获，我们便来到了"九条小街"购物区，走进了一个小商店。一进门，我就预感到能在这里找到合意的裙子。

我发现我最喜欢的阿姆斯特丹的一家餐馆就在这家店对

面。昨天晚上去餐厅买甜点的时候，对面的这家商店橱窗里的那条裙子便立刻吸引到我的目光。裙子上有粉色、橙色、绿色、蓝色和白色，还印着花儿。当我看到那条裙子时，就认定是它了。

这家店很小很温馨，朵林和我是店里唯一的顾客。柜台后面的那个女孩跟我们打了个招呼。一棵樱花树上挂满了首饰，左右两边的衣架上挂满了裙子。

我们看看这又看看那，挑了几条裙子：一条黑色的真丝裙、一条黑色的闪片裙，还附带一条珍珠腰带、橱窗里的那条裙子，还有一条橙色的拼接长裙。

站在柜台后面的那个女孩朝我们走了过来，看上去25岁左右。那头短发被染成了银色。"有什么需要帮忙的地方吗？"女孩问。

"我们在找一条合适的裙子，袖子最好能长过肩膀。我挑了好几条，你觉得哪条最合适呢？"

"是特殊场合穿的吗？"

"是的，是特殊场合。要女人味十足，高雅却又不那么张扬。"她又给我挑了几条，我开始试起来。那两条黑色的裙子很快就被否定了，它们只会把苍白的肤色衬得更苍白。我每试一件裙子，朵林就给我拍一张照片。

"我可以问是什么特殊场合吗？"女孩问。镜子里的我的脸忽然红了。这家店里的气氛很好，于是我打算实话实说。

"我在为自己的葬礼挑选衣服，是不是很奇怪？"

她一时不知该说什么好，惊讶地问："天哪，你生病了吗？"

"没错，我得了一种无法治愈的病，想给自己的葬礼挑件合适的衣服。"我穿着橱窗里的那条裙子，从试衣间里走了出来，看起来既漂亮明艳，又不那么张扬，很适合我。前面的金色拉链起了画龙点睛的作用。胸部下面还有一条松紧带，从那里开始裙子呈A字形张开。

我走向镜子，小声说："真漂亮啊。"我摸着脖子想：这里再戴上一条小小的项链简直就完美了。女孩朝我走过来，手里拿着一条细细的金项链，项链上还配着一个小小的圆圈。

"我们这儿还有六角形和星星的。"女孩说。

我看着那条项链，真是完美极了。"不，不用六角形的，这个圆圈很漂亮，尤其是它的象征意义。"我戴上项链，啊，完美极了。我仿佛看见自己穿着这件裙子躺在棺材里，奇怪的是这个念头并不显得沉重。

"我也生过病，不过听说你会离开人世，还是吃了一惊。"

"我可以理解。不过庆幸的是,现在我的身体还挺好,还能做这些事。"我说。

她告诉我们,不到一年前她的淋巴结接受过抗癌治疗。现在情况有所好转,不过当时的治疗还是会时不时影响到现在的身体健康。在给自己的葬礼寻找合适的裙子时能遇到这么一个人真是太特别了。

她好像完全明白我的需求和我来这里的原因,是一个明白生活意义的女孩。

她说:"看到你,我就明白身处其中的人反而不会被其所累。当得知自己的头发会全都掉光的时候,我走遍了大大小小的假发店,为自己寻找一顶漂亮的假发。那几天我过得很开心,还问过自己到底明不明白这是在干吗。"

我点了点头,朵林和我都没有沉重的感觉,虽然我们正在为我人生的最后一套行头做准备。我甚至可以大声告诉别人我们逛街逛得可开心了。

我的注意力又集中到衣服上。朵林说:"说不定配上个象征无限的挂件也会很好看。"女孩转身走开,拿着一个戒指回来了。

"这是刚到的,戒指上镶嵌着一个无限的形状。"我们三个都沉默起来,戒指戴在手上,和项链上的那个圆圈一起成了我的葬礼的完美象征。

"现在我就只需要一双高跟鞋了,我要穿着那双鞋进天堂。"我对朵林说。

我谢过那个女孩,想:今天真顺利。在阿姆斯特丹最有趣的购物区"九条小街"上买的裙子,那条既漂亮又不张扬的项链,新到的戒指,还有那个热心的女孩。就连裙子的颜色和首饰都那么配,我一边想一边走出了那家小店。

▶ Joe Cocker《You Are So Beautiful》

家人永远在你背后

我要让你知道：
我会成为镜子里的那个人。

——Michael Jackson《Man In The Mirror》

在我的体内住着好多种快乐和好多种忧伤。我并不想让自己听起来像个精神分裂症患者，然而这些天我时常为即将离开的这个躯体感到伤心。今生的我扮演过不同的角色：女孩、女儿、妹妹、劳拉、学生、同事、朋友、一个灵魂、一个躯体、一种精神，一个没有翅膀的天使。每个角色都有自己的情感。

对那个没了翅膀的天使来说，死亡并不难。因为她期待展翅高飞，飞向那道属于她的白光。每天早上醒来时，她只能期待未来的时光，强烈地感受内心的波澜。她已经过完了今生，想要去一个叫作天堂的平静王国。她从十五岁起就明白癌症会成为今生的一个重要话题。她时而会因为那个躯体感觉到人间的生活很沉重。**世界充满了战争，充满了感情，人们的精神生活是那么贫瘠。**她想随着天堂之光，飞向精神的王国，飞向快乐、和平、爱。

她的大学生涯始于2012年9月，那时的她来到了一个大环境里，有了家的感觉。作为学生的她脚踩高跟鞋，穿着裙子，背着书包在校园里来来去去。她的内心充满了动力：早晨七点就去图书馆，要么就在宿舍里伏案学习；很少有时间睡觉，或者说除了学习就很少有时间做其他事。这就是她想要的。她每天都会想一遍：这一天是多么特别呀！她雄心勃勃地决定在生病过后要把生活过得无比精彩。这就意味着她要为自己的理想而奋斗。

她为自己设计了一个充满了可能的未来：在拍卖行找到一个挑战无限的工作，成为国立博物馆的馆长，或者只身前往国外。学完艺术历史，她还想选政治学，这样的结合正是这个世界需要的。她要从政治的角度出发，为艺术家们制定一项新政策。她会先在荷兰的政治中心海牙工作，接下去是欧盟的所在地布鲁塞尔，最后就到了联合国。在退休前她还想在全球人权和艺术之间搭建一座桥梁。

这个学生为自己安排好的生活就这么活脱脱地消失了。她的理想、雄心和那无限的可能一下子全都成了虚无。她为四月里突然发生的那件事而哭泣。和蒂尔莎一起听一节关于艺术的幻想的课时，她哭了。不久前那个雄心勃勃的学生还没有蒂尔莎，没有癌症，满怀理想和未来的穿梭在校园里。然而一切都成了过去。她有流不完的泪，没了未来的她是多么伤心哪！

面对就要离开这个事实,我的身体感到很满足,可还是会时不时地提醒我它的存在:疼痛、疲惫,身体仿佛被掏空了一般,这一切跟20岁这个年龄毫不相关。有时我很担心,感觉身体就像个小孩子,我得好好照顾它。睡觉睡晚了,它会闹腾;早晨闹钟一叫又会大哭;时常会感到寒冷和疼痛。活脱脱一个每隔三个小时就得休息的小孩,一个沉重的负担。对我来说,它完全是个陌生人。我们在一起有多久了?19年。难道这还不够吗?为什么在我精力那么充沛的时候,癌细胞就偏偏扩散了呢?为什么我会肚子疼,为什么会突然昏倒?为什么晚上会因为腿疼和身体的灼热而醒来?我不知道,我不知道我的身体到底怎么了。

尽管如此,亲爱的身体,我还是很爱你,我知道你也在为自己的无能为力而哭泣。我知道当我告诉你那个热爱生活的灵魂正在寻找一个新的身体,你会伤心地碎成两半。我知道你从来不会故意伤害我,我知道我们都深爱着彼此。

我并不理解你,却崇拜你的美好,你的完整和完美。我崇拜你,因为咖啡馆里男士期待的目光,因为穿上高跟鞋后修长的双腿,因为你的手臂,因为你那纤细的手指,因为你的脸庞,你的身材,你那细腻的肌肤和有神的眼睛。因为你是我的。你让我的父母想着我,你把曾经的那些触摸储藏在了细胞里。也许是我还小的时候,也许是不久前的一个吻。

我的身体经常疼痛。肩膀、手臂,又或者是那个已经装不下太多食物的肚子和那双已经承受不了太多重量的双腿。我相信对于即将到来的解脱,我的身体还是非常高兴的。它会庆幸那颗心脏即将停止跳动。它感觉自己老了,累了。不过对这一切我还不是很确定,因为我跟自己的身体已经失去了联系。

对于作为妹妹和朋友的她而言,人与人之间的关系是最重要的元素,她能感觉到周围每个人的悲伤。每当她告诉别人她的身体承受着疼痛时,便发觉别人眼里写满了伤痛,因为大家都不希望这样的事发生在她身上。有时她心里沉沉的,看到挚爱的人眼中的悲伤,在跟他们讲述自己的痛苦时,就倍加小心。她决定了身边每个人的心情、每天的活动,决定了敏感时刻的到来。她敞开心扉,又关上情感的大门。这一切都是有意的行为。她明白不能每时每刻都那么脆弱,因为她的脆弱会触动周围的每个人,会伤害到他们,让他们伤心难过。尽管如此,她还是试图与他们分担自己的脆弱。因为她能决定所处环境的气氛,也就能权衡应该如何对待那种脆弱,于是她向身边的人展示出自己的状态和局限。

面对这样的情形,我身体里的那个女人迷惘了。她还想为伟大的爱情,为热情地亲吻一个骑白马的王子而继续活下去。

她的生活里还没有出现一双抚摸她的手,还没有一个在家人和朋友圈之外关心爱护她的人。这个女人的身体期待爱情的来临,不过我知道她想要的是什么:真正的而并非建立在欲望基础上的友情、爱情还有对彼此的尊重。那个女人被迫直面没有浪漫、没有亲吻,也没有白马王子的事实。爱情是没有保质期的,而且爱情和死亡可以同时进行。不过我已经不羡慕拥有伴侣的陪伴了,因为我太独立了,而且现在的社交生活已经非常丰富,不需要再多一个亲近的人了。我身体里的那个女人很伤心,不过能够理解我的决定。她很高兴,因为她庆幸自己是个女人。她喜爱自己的衣橱,踩着高跟鞋出门感觉真是棒极了。她每天都要开一场派对,也热爱自己天生的敏感和女人身上的风情万种。

作为女儿,我想一直不长大,就跟从前一样,被爸爸妈妈照顾着。我期待妈妈的关心、双手和温柔。我想念她给我擦护手霜的样子,就好像全世界只有她一个人会。我怀念抚摸、怀念亲吻,怀念给我出主意和拥抱我的爸爸。我希望当我打开厨房里的柜子时,各种做蛋糕的材料便呈现在我的眼前。从前周末我去爸爸家时,他总会给我做这样的蛋糕吃。

我的爸爸妈妈很棒,既爱我,也能做真正的自己。一方面我希望在通向死亡的路上,他们能够放手,因为觉得那条路应该由我自己来走。另一方面，我又期待他们的关怀、关心、关注、爱护、智慧和跟他们的对话。我期待他们就站在我身边，把我送走；别再担心我，让我去往无限的尽头。我期待他们柔软的双手和那抱着我的双臂。

 ▶ Michael Jackson 《Man In The Mirror》

努力活着，
哪怕没有明天

兄弟姐妹们不要慌张。
你们的生命将会继续，
他们要找的是我，是我，
我不可能幸存，但我们会以另一种方式存在。

——Coldplay《Brothers & Sisters》

我从来没想到自己会经历这样的日子，我的身体疲惫不堪，疼痛不已，然而还没有完全耗尽。我的精神时不时喊停，我的灵魂在期盼那一口氧气。计划让我感到窒息，多活一天对我来说就是一个惊喜。最后几个月要做的事还很多。写作、社交、上班，好好照顾我的身体。

我已经没有什么具体目标了，只要活着就好，可这就够了吗？ 那些雄心壮志就要这么放弃了吗？前进的动力所剩无几。我在所剩无几的时间里寻找幸福，在用不掉的时间里遇见悲伤，因为我不知道该怎么安排这些时间。2013年4月，上天对我宣布了死刑，给我的生活带来了巨大的影响。我做着对学历没有要求的工作，把学习放进了冰柜，住在人生中的最后一个家里，还养了一只漂亮的狗狗。这一切都是因为我即将离开这个世界。我的葬礼已经准备好了，禁止在死后对我的身体做进一步处理的声明存进了档案里。这些事很实际，不过仅仅是外在表现。而我的内心世界呢？它每天都在期待一个新的开始。每多活一天对我来说就是一份礼物，然而每一天我都会觉得这可能会成为终点。癌症就在眼前，死亡也一样。在我的生命里，已经没什么能够长久持续的事物了。在4月18日得知检查结果的那天，通向未来的船的动力已经燃尽了。从那时起，我就负责过好眼下的日子，把死亡当作每一天的主题。我随时随地都可能离开这个世界，早已做好了死亡的准备。

可是我真的已经活够了吗？

如果现在再做一个CT扫描，结果显示癌细胞不再扩散了，我那短暂的生命又有未来了吗？我把每一天都当作生命的最后一天来过。要是我还能活很久，该怎么办呢？身体里长着肿瘤，却要照常生活下去是一件很奇怪的事。那些肿瘤威胁着你的生活，却也没有严重到产生致命的威胁。

我很想知道身体现在的状况，想做个CT扫描看看自己有多"健康"。检查结果显示肿瘤并没有肆无忌惮地长大。

"好好享受现有的时光吧。"医生给我打电话告知检查结果的时候说。可如果一个人的生活里只剩下享受，又能坚持多久呢？我还能活上十年吗？

我要跟自己说多少次放下眼前的一切呢？十五岁那年，我就不得不放弃那无忧无虑的生活，取而代之的是一场重病。之后情况有所好转，而我又得重新找回生活的轨道。最终我又重新鼓起勇气，在阿姆斯特丹找到了自己想要的生活，敢于直面未来。不到一年前，我必须再次放弃当时的生活，放弃我为之奋斗了好久的生活，一切就那么消失了，死亡成了我的未来。而现在，扫描结果显示那些肿瘤并没有肆无忌惮地疯长，也许我又要放弃死亡的念头，开始计划未来。倘若肿瘤再次袭击，我就又得放弃计划未来的想法。这样的冲突一直存在于我的脑海里。如果我活的时间比预料中的要长，该用这些时间来做些什么呢？这些想法不断向我袭来，让我的心好疼，好空洞。我为眼前的一切大哭，为那些艰难的日子大哭，为那些夜晚大哭，为那些逝去却没有终止的日子大哭。

几天后我浑身充满干劲地醒来，我不想让外部因素来决定我的幸福。一个通知我癌细胞扩散的医生不能使我感到幸福，也不会让我感到不幸。即使肿瘤越长越大，我还是可以自己来决定幸福。**我不想再让那些无法掌控的因素来决定我的幸福。那股干劲为我创造了一些空间，使癌症不再成为幸与不幸的决定因素。我决定放手，癌症虽然不会放开我，但也不再主宰我的幸福。**

时间是我最大的敌人，也是我最大的恐惧。我恐惧的是还要再过若干年才会离开这个世界。我觉得自己的生活很完美，

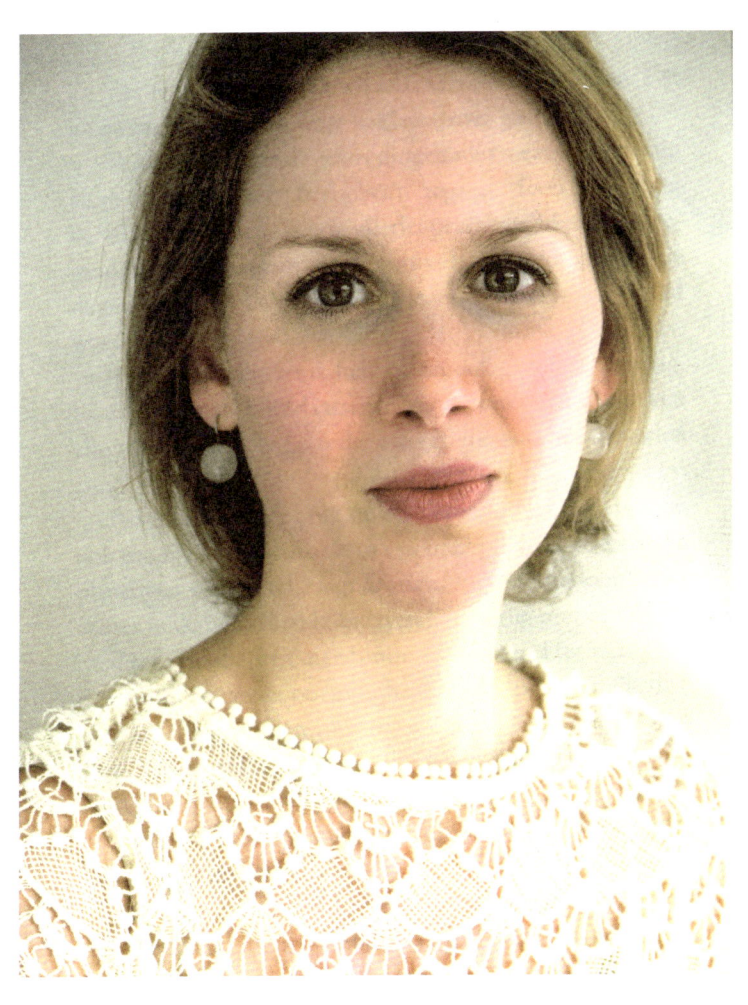

**经历煎熬，
才会找到内心的平静。**

**独处会让人
得到新的领悟，
让我又有勇气去面对
新的一天。**

正是出于对生活的爱,我选择了生命的另一面:死亡。如果生命的最后几天要在医院里将就,还不如选择活得充满意义。

在人生最低谷的时候，
才能学到最深刻的哲理。

不管生活给你带来了什么样的困境，都由你来决定如何应对。
从困境中寻求力量会让你成长，而还有什么比成长更美好的呢？

在黑暗的岁月后，
总会再次出现光明。

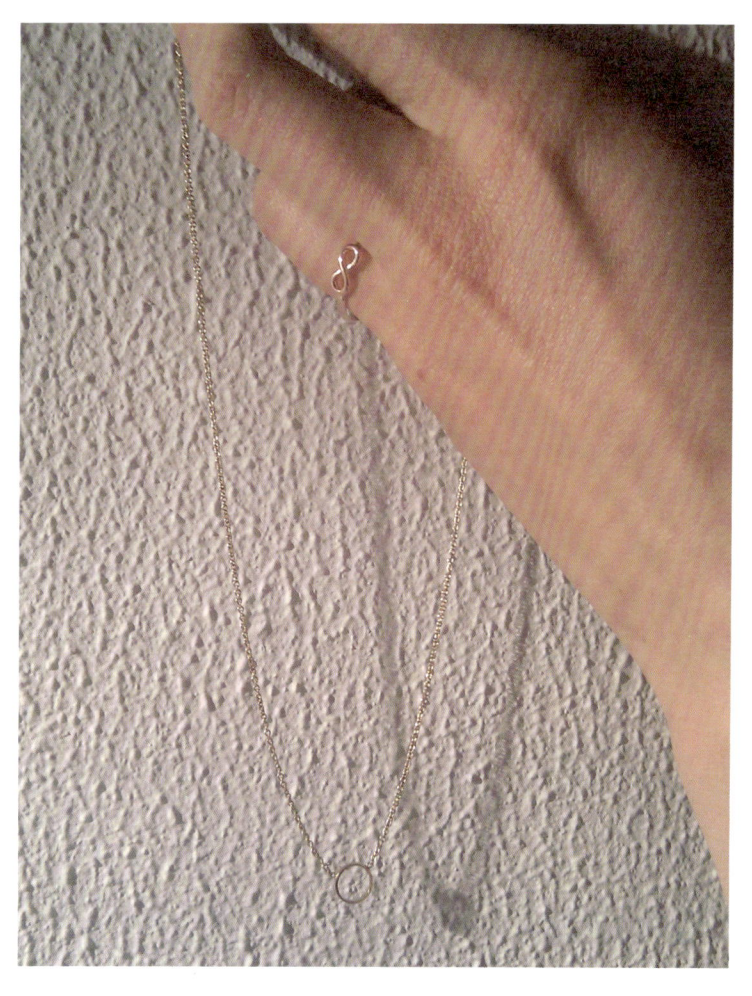

戒指戴在手上,和项链上的那个圆圈一起成了我的葬礼的完美象征。

我和生命形成了一个整体,
是不会失去生命的,
因为我就是其中的一部分。

时间不应该成为任何人的生活主导。然而因为我一直在跟死亡做斗争,所以并不算真正活着。

现在我得知体内的肿瘤没有飞速地长大,又敢慢慢开始制订计划了。为此我感到高兴。我计划几个月后去度个假,虽然多少还有些不确定因素。面对这样的现实我还得适应一下,不过那股干劲让我对生活有了新的看法。肿瘤还在我的体内,一切都没变,而我的眼睛里却出现了另一个世界。

我和丹尼、吉姆、约普一起去文身和爬旺图山的计划变得具体起来。我还活着,身体状况还不错,所以也就不打算再拖了。一天下午,我们来到文身店里,我身上那个无限的标志多了四条腿。丹尼在胸部文了两个无限的象征,四片叶子从中生长出来,代表我们四个人。吉姆的手臂上文上了无限的象征和我的名字,约普把我的名字文在了无限象征里面,接下来我们就可以再次前往旺图山了。

跟上次一样我们从山脚出发,只是这次不是一路往北,而是一直向上。我的哥哥们徒步上山,我坐在车里一路领先。他们每拐过一道弯,我就为他们拍照记录,还为他们提供一路上的小食。

来到山顶上,我们享受着眼前的风光,回忆着过去的点点滴滴。生活中的各种顺境逆境,给彼此的爱,还有梦想,勇气和行动。我感受到这座大山的力量和它内在的平静。它是多么美丽，多么特别呀。我享受着它的壮美，它的力量。我们互相感应着对方，那股力量在我体内渐渐蔓延开来。

当我独自从贝端开车前往旺图山顶时，看着那一块块白色的石头，想着我的生活，想着我一次次与这座大山相遇的场景。每次见到它，我就成了另一个自己。

看着哥哥们一步步接近，看着他们跟随着自己的节奏，凭借强韧的团队精神和健壮的身体一步步往上爬。每次我停下来给他们拍照或者看着他们时，就被一种强烈的自豪感包围起来。吉姆、约普和丹尼轮流骑在队伍的最前面，一边骑一边笑，充满了激情和活力。我的眼前出现了一幅画面：即使我不在了，他们也会以这样的态度继续生活下去。**我离开这个世界后，这就是他们三个相处的方式。有时你帮我，有时我帮你，不变的是这支团结的队伍。**

▶ Coldplay《Brothers & Sisters》

经历煎熬，
才会找到内心的平静

我不会是最后一个，也不会是第一个。
去寻找一条天与地相接的路吧。

——Eddie Vedder《End Of The Road》

一天傍晚，我跟蒂尔莎在公园里逛了一大圈，四处洋溢着青草的香味。太阳快下山了，我闭上眼睛往前走。十秒钟过后，又睁开眼睛看看自己有没有走偏了。我的脸上出现了一丝笑容，夕阳的余晖照在脸上，暖暖的。

尽管我闭着眼睛，蒂尔莎和我还是迈着大步往前走，超过了一个牵着一条棕色拉布拉多的中年男人。蒂尔莎和那只狗狗玩起来，我也和那个男人聊起天来。我们聊着拉布拉多的忠诚和它们对主人的爱。

"它多大了？"男人指着蒂尔莎问。

"快一岁半了。"

"我之前没在这儿见过呀。"

"没错，它也是最近才成为我的家庭成员的。"

"那它原来住在宠物收养所吗？"我没有立刻回答这个问题。在过去的一段时间里，我学会了诚实地告诉别人蒂尔莎在我生命中的意义。

"它是我的助手。"我说。

那个男人就跟大多数人一样,问道:"真有意思,你上过专门训练狗狗的课吗?"

几乎所有人都以为是我训练的蒂尔莎,因为我看起来不像是个需要帮助的人。我摇了摇头,说:"不是的,它是我的助手。"并且把重音落在了"我"上面。

"之前有人训练过它,然后它就跟我回家了。"男人想了一会儿,说:"这么说,你需要帮助吗?为什么呢?"

"我的癌细胞扩散了,两个月前,医生告诉我怎么都治不好了。蒂尔莎就天天陪着我。我不清楚自己究竟会病成什么样,到时候蒂尔莎应该可以帮到我。"蒂尔莎和那只狗狗玩得很开心,根本不需要担心人类的事。

"你看起来还很年轻。"男人接着说。

"我今年十九岁。"

"我能给你讲个故事吗?我在比你现在大几岁的时候,心脏突然罢工了。医生怎么也找不到病源,决定放弃治疗。有时候我会一天犯两次心脏病,医院邻床的那个男孩已经去世了。后来我的情况有所好转,可在那之前我就已经看见了光明。我曾经站在天堂门外,和死亡仅仅一步之遥,仿佛看到了我的一生。也许你不想知道，但我还是要告诉你那里很美。你会在那里找到安宁的，是真正的安宁。"

我看着天空，和他并肩走在这广阔的天空下。生活是多么美好啊，给我带来了这么多礼物，我一边想，一边抬头看了一眼"天堂"。

"谢谢你跟我讲了这些。"我轻声说，"我也相信天堂之门和属于那里的真正的安宁。不管会发生什么，在身体的煎熬结束后，我一定会找到那片平静的。"

 ▶ Eddie Vedder《End Of The Road》

时间把我历练成现在的我

我们紧紧相拥,我们不曾分离。
这是多么美妙的困境啊!

——Jason Mraz《A Beautiful Mess》

我和洛丝正在为我的葬礼准备一个小短片。虽然还没到那个时候，我想现在就把一些事情料理好。这样的话，在我没有力气做那些事的时候，就不用担心了。当然，不一定要我自己制作短片，只是我很想参与制作的过程。全身心投入生活包括了安排好我与这个世界的离别。如果不能按照我想要的方式来告别，我也就不能毫无遗憾地离开。随着时间的推移，生和死之间的距离越来越近了。在讨论过衣服、地点、短片的内容后，我们决定用采访的形式来制作这个短片，我们会设计好采访问题。剩下的那部分就是对我的生活的回顾，既会用到照片，也会用到短片。我希望把一个完整的故事呈现给观众。制作这个短片的好处是，我既可以为自己未来的葬礼做出贡献，也可以趁机研究档案。我想把我的一生用一种美好的形式展现出来。当我独自在家的时候，就翻出童年时的相册。从第一本开始，那时的我还是个刚出生的宝宝。相册一直记录到我四岁那年，封面是蓝色的，上面印着老式婴儿车和盛开的花儿。看来这是一本典型的宝宝相册。

我深吸一口气，打开了相册。第一页是在我出生后爸爸妈妈寄给亲朋好友的贺卡。卡片上有几只脚丫，最后一只是金色的。上面写着："未来已经铸进了这个孩子的身体里，她生命里的每一天都将是崭新的一天。"一切就像是注定好的，这句话就是我如今生活的写照。我继续往下翻，看到了几张印有三个男孩的照片，哥哥们正围着他们的妹妹呢。只见他们亲了亲我，看起来很高兴的样子。另一张照片上，我躺在刚睡醒的爸爸的怀里。再往下，又出现了哥哥们满怀欣喜地拥抱我的画面。

虽然我是四个孩子中最后一个出生的，爸爸妈妈还是把我童年里的点点滴滴都记录了下来：我戴帽子的样子、骑在第一辆自行车上的样子。我看着自己慢慢长大，回过头来看自己的童年，可以用另一个视角来审视当时。我看见一个小女孩眨着大眼睛，梦想着未来。我想着她，想着曾经的自己。那时的她还能活好多年，还有希望，有梦想。她是公主，好朋友是王子。她可以成为首相和一个大家庭的母亲。舞会上她总是第一个跳起来，接着好多人都会跟着她一起跳。虽然她对未来怀揣梦想，可从来没真正想过未来，因为当下就已经够了。用沙搭一座城堡，有几个好朋友，就能玩上一整天。只需要一个球或者一个滑梯，就能开心几个小时，更何况是去海边呢？那翻滚的海水足以让她乐一个下午。她的生活很简单，却充满了活力。一盒卡片，一袋薯片和一块毯子就可以度过一个有趣的星期天下午。晚上坐在爸爸腿上看着电视就睡着了。白天他俩在树林里散步，走啊走，直到她的腿再也走不动了，尽管如此，她还是要坚持走下去。就这样，她度过了一个无忧无虑的童年，也准备好去迎接一个无忧无虑的未来，然而事与愿违。

  时间把我历练成现在的我。过去的那些年似乎只是对现在的一种准备，为生死之路的准备。当我合上相册，点开电脑里的还没有冲洗出来的照片时，发现了一个名为"去路"的文件夹。我双击鼠标，发现了这么一段话："如果我会死去，那么在死之前，我想去听一场酷玩乐队的演唱会。如果我能活下来，就要来改变这个世界，因为贫穷让我心痛。"我叹了口气，想：这是多久以前写的呢？我看着文档的日期：2010年8月。那时我就想到了死亡，因为就在一年前，死亡成了生命里的一个事实。我又写下了几个愿望，比如葬礼上的愿望，比如我活在世界上最后一天的样子，还特别交代了葬礼仪式上的气氛。现在还可以清楚地审视这一切，让我很安心。我明显感觉到，在写下这些愿望的过程中，我逐渐变得平静。那一刻，我把自己交给了死亡。

  晚上我和妈妈一起看了几本还放在桌上的相册。妈妈说："那时候我可年轻了。都是二十年以前的事了，时间过得可真快啊。再过二十年，我都七十多了。"

"再过二十年，我还是二十岁，顶多二十一。"我说。也许这正是死亡在我眼里最奇怪的一面。我的生命就此终止，而我的朋友们都还活着，会经历一些我再也经历不到的事。她们会结婚、生孩子、升职、退休、去旅行，每年都会庆祝生日。

"有时候我心里空空的，与此同时我也意识到自己在这段日子里得到了很多。我不会结婚，也不会拥有自己的孩子，可我却得到了很多生命赐予我的美好事物。"

我在电脑里找到了那次自行车之旅的短片，不少短片都已经处理过了，也有很多是没有处理的。我把它们都发给了洛丝，方便她开工。我还扫描了相册里的照片，一并发了过去。

过了几天，我们决定选个好天气拍摄短片。至于地点，就选在了农村——在奶牛、绵羊和鲜花丛中。我们在镜头前摆了一大束漂亮的玫瑰花，花丛好似要延伸到天堂。

"短片要什么时候完工呢？你要看吗？还是在葬礼之前我再把所有材料做进短片里？"洛丝看着我问。

"就把我的死期当成完工日期呗。"说完我便笑了起来。

"我想我会很喜欢那天的。到时气氛会很轻松，仿佛我们看的短片跟你的离开没什么关系似的。当然了，我们心里都很难过，因为我们都明白这个短片意味着什么。我上周收到旺图山的短片时,想到你的父母会在你离开后看到我们制作的这个短片,而之后短片又会在你的葬礼上播放,就总觉得那一天是多么不切实际,又是多么震撼人心。"说到这儿,洛丝停了下来。

我明白因为我提的那些问题,我的朋友们都会被牵涉到我的生活中来,即将来临的告别也一样。我很开心能跟他们分享这一切,我们一起选葬礼上的衣服,一起为葬礼做短片。与此同时,我也意识到这对洛丝来说,很不容易。

"劳拉,听着,这是我心里真实的想法。我希望自己再也不需要为某人的葬礼做短片。同时我也希望这是我能为你做的最有意义的事。"

午餐过后,洛丝打开了摄像机,在我对面的椅子上坐了下来。我看着她,摄像机摆在她的左边。问题我们之前基本都商量过了。有几个话题是我想录进短片里的,同时也想留下一些自由发挥的空间。

"为什么我读完你的博客感觉那么高兴呢?"洛丝问。

"你是说你读了我的博客感觉不到悲伤?"当我得知癌细胞扩散的时候,便开始写博客。在博客里我记录下生病的经历和对生活的感悟,记录下每一天的日程安排,还有我的感受。博客的名字叫作"活着",我把它看得跟生命一样重要。随着时间的推移,读博客的人越来越多。我试图把人们带入我那年轻却患有癌症的生命中来。同时在这本电子日记里,我也看到了自己的生活和曾经做出的种种选择。

我点了点头,洛丝说得没错。"我想是因为我的博客道出了一种重要的人生态度,就是在遇到任何状况时,由你自己而不是由状况本身来决定接下去要走的路。生命里几乎一切都是可以改写的,然而当你靠近生命的主旨时,似乎便没了改写的可能。有时候癌症让我无计可施,这么看来,痊愈和癌症是不可改写的,你并不会因为坚强的意志力而痊愈。尽管如此,我还是想有质量地活下去,这样的选择还是存在的。选择让我快乐,让我解脱,也带走了我的悲伤。"

"你为什么不害怕?"洛丝问。

"因为我知道不必害怕死亡,也不必害怕生活。我想所有的害怕都来自对死亡的恐惧,或者是在离开这个世界前放手的那一刻。我相信,这不会成为真正的终点。不久后我会离开这个身体,而我体内永生的那部分是不会随之消亡的。至于为什么没有恐惧,我也说不清楚。想要了解一种不熟悉的感觉是非常困难的。"

"宗教信仰在这方面帮助过你吗?"

"我对生活的态度和由此产生的灵感肯定帮得到我。我相信死后自己会继续在一个美丽的世界里生活下去,由此便获得了活下去的力量。"

"你说的具体是哪种信仰呢？"

"我创造了一种属于自己的信仰，不排斥任何一种信仰，只会张开双臂拥抱它们。对我而言，**信仰可以升华人身上最优秀的品质，每个人都会因为一种神力而充满动力**。我把每种信仰中最好的部分挑选出来，从而使我的最佳品质得到提升。"

洛丝从一个话题跳到另一个，我们打算把采访的时间控制在十分钟左右。

"你在博客里称自己是一个生活艺术家，能给我们解释一下吗？"

"艺术家能使日常生活中的微小事物变得很特别。这就是艺术的力量。就像我刚才说的，我的幸福就存在于生活中的小事里，所以我敢于称自己为生活艺术家。每个人都以自己的方式活着，对我来说，生活的力量存在于普遍之中，没必要把它们复杂化。"

"你有过痊愈的感觉吗？"

我看着洛丝，这个问题并不在我们的计划之内，之前也没人提过这个问题。我想了想，得到的结论是：我从来没有感觉到自己痊愈，也从来没有真正摆脱过癌症。

我摇了摇头，说："没有，我从来没有感觉到自己痊愈过,甚至在那些最美好的日子里也没有。**癌症一直存在于我的生命里,我努力把注意力集中到生活中去,集中到我眼前的那条路上去。我很想就这么笔直地一路往前走,可还是会时不时走到旁边的小路上去,癌症就是那些小路上的主旋律。**"

"你身边的人能够理解你的选择吗?"

"跟我很亲近的人都能理解我的选择,因为他们都很了解我。在外界看来,也许癌症占据了我的生命,然而我们依靠对彼此的爱继续往前走。"

在院子里迅速跑动的蒂尔莎打断了我的思路,它追着一只母鸡,母鸡尖叫着逃命,我和洛丝大笑起来。我大叫一声蒂尔莎的名字,它一脸无辜地朝我们跑过来。

洛丝说:"这真是太有意思了。我告诉朋友今天要跟你一起录制这个短片,他们都以为这将是很沉重的一天。可是你看蒂尔莎,却在外面追着母鸡到处乱窜。"

我俩坐了下来。

"刚才说到哪儿了?是关于我的选择吧。"我慢慢静下来,思绪又回到了短片上。

"虽然发生了这么多事,我还是可以像以前那样跟哥哥们相处,我们一点没变。虽然有时候身边最亲近的人也不能理解我,但我还是因为他们的存在感到幸福。他们不干涉我的决定,无条件地支持我,让我过自己想要的生活。"

"你能为人性的改变做些什么呢?"我看着洛丝,洛丝也看着我。这是最后一个问题了,随后编辑工作就可以开始了。然而正是这个问题让我感动不已。我只能希望,能让这个世界变得美好一些。

"我要看着镜头吗?"我问洛丝。之前我一直看着她,因为这样采访画面看上去会比较自然。我顿了顿,就在这关键时刻,我突然不知道该说什么好了。

"也许我并不能做出很多贡献。如果只谈这最后一段日子,我会觉得过去二十年都白活了。我希望我的生命充满了回忆,让人们记得我和我身边的每个人,我们的内心都充满了爱。我希望身边的人不要忘了生活,我是说真正地活着,走自己想走的路。生命太短暂了,所以一定要去做自己想做的事,实现自己的梦想抑或希望。好好活着吧,不然就太晚了。"

洛丝关掉了摄像机,我们紧紧地拥抱在一起——我们俩都知道,距离播放这部短片的日子越来越近了。

▶ Jason Mraz《A Beautiful Mess》

附录

Appendix

附录一：

前进的方向只有一个

我活过一个充实的人生。
我经历过每一段路途。
更重要的是，我一直坚持走自己的路。

——Frank Sinatra《My Way》

现在我把想写的都写了下来，感觉像完成了一部生命之作。当我听说自己的病无法医治的时候，就想到在真正放下一切安心离开这个世界前，还有一件事要做。现在这件事已经完成了，我也总算松了一口气，终于自由了，可以轻松地离开了。那个时刻迟早会到来。庆幸的是重要的事情都完成了。

托马斯，我那天堂里的英雄，最后一次看见他是在一次为患有癌症的孩子举行的活动中。同病相怜的孩子们一起来到一个活动营地里。我去的时候，已经快一年没再接受化疗了。正在接受治疗的孩子也可以来参加，托马斯就是其中一个。我遇到他的那会儿，他属于营地里病得最重的。光头、脸色苍白、鼻子里插着管子，却充满生机，放射出光芒，精神极了。活动之后没过多久他就去世了，我也没再见过他，而他的那股力量每天都在感染着我，激励着我也要像他那样活下去：为这个世界做出自己的贡献，做回真正的自己。他是多么想活下去啊！

因为托马斯，我把剩下的时光既当作生命的开端，也当作生命的结尾来过。是他鼓励我去感受自己的存在。现在他在天堂里。一想到自己到达天堂的那天，托马斯已经在那里了，心里就会很舒坦。再次相见的日子就在眼前了。

我希望这本书多少能给你们带来些灵感。2012年底我开始整理日记，因为我想写一本小说。那段日子里，我经常听到内心的呼喊："过好最后一天！""努力实现梦想，不要浪费时间，因为你就快没时间了！"就这样，一次又一次。我很矛盾，因为如果感觉如此强烈，就该顺从感觉，然而理智也是一条重要的线索。想法都很美好，但人们还是时常被琐事困扰，比如学习、贷款等。随心所欲，却也要关注现实生活。在一年12个月对我来说还很现实的那个世界里，我并不总能随心所欲。然而我总是提醒自己要跟随内心的感受，做真正的自己。

在第一次痊愈后，尽管生命中的矛盾变得明显起来，我还是想大声喊出：跟随你的内心，做自己想做的事。也许是一场早已想完成的旅行，那就快出发吧！也许你想辞职，因为这份工作已经不再适合你，那就辞职吧！是不是早就想上那个培训班？快去报名吧！是不是很想展现自己，却一直担心这是不可能的？快去试试吧！是不是想去采一朵花，因为这会让你开心一整天？那就快去花丛中吧！是不是……快去做吧！快！

快！人生太短暂了，要梦想，要勇敢，要实践！

对我而言，生活的本质在于人们可以无限地展现自我。做不做和怎么做都由自己决定。通过直视死亡，我终于明白，我不要在临死前还想着那些曾经想做却没有做的事。我不想留下遗憾，因为这很不理智。我宁可跟随内心，不管它要带我去哪里，在任何情况下我都可以说自己已经努力过了。也许会跟计划中的不太一样，不过也不一定是什么坏事。至少已经试过了，并且在困境中仍然努力前进。生命实在太短暂了，浪费不起。

现在，这个地方，2014年，今生，就只有一次。活一分钟，这一分钟就会变成过去。所以才要随心所愿，让爱、力量、友情、纽带填满你的内心。过好每一天，因为每一天都珍贵无比，都那么伟大，那么美丽。做好每一件小事，因为小事中蕴藏着大大的奇迹。找到那些奇迹并不难，因为它们就藏在平凡下面。甚至不用刻意去找，就会发现它们的存在，因为它们就在眼前，清晰可见。

歌唱生活吧，生活也会对你高歌，只因为你的存在值得高歌一曲。唱歌，跳舞，吼叫，哭泣，欣赏。跳上一支最美丽的舞，别再犹豫了，唱吧，你我的生活都那么短暂，再不唱就晚了。这段生活，就像生命中的每一段生活，我都要好好地活着,感受,体验。你也来吧。活着,最终你会感觉到什么才是真正的生活。

基于这样的想法,我变得强大起来,从癌症这个事实中汲取力量。我希望所有读了我的故事的人都会这么做。不管生活给你带来了什么样的困境,都由你来决定如何应对。当然了,有时候并不容易,而回头来看这会是一条最正确的路。从困境中寻求力量会让你成长。还有什么比成长更美好的呢?成长会让你看到不同的自己,并且记起曾经的自己。成长让生活充满意义,因为你会看到生活不常见的那一面。沉重和困难的日子会让你珍视美好时期的价值和力量。

当你意识到时间的短暂,生命就会变得特别起来。正是因为我明白了时间并不是无限的,才意识到时间的可贵。时间给了我力量。我此刻想做的事便不会推迟。我并不会不计后果地生活,立马去追随我的梦想,不过我会按照梦想的方式来生活。看来我的梦想比想象中近多了,死亡并没有让我靠近生命的源头。不容易的是,我又有活下去的信心了,而且我还发现:如今活着的意义就是我曾经想赋予生命的意义。

你可以拐很多道弯,可最终还是会发现前进的方向只有一个,那就是不断向前。我随机应变,并且努力去适应所有的变化。

"接住我手心里的水,还有从咸咸的沙子里找到的贝壳。我很爱很爱你。"

——兰木思·沙福&丽莎贝斯·利斯特《牧歌》

太阳就快下山了,天渐渐凉起来,我收起浴巾。晒了这么久太阳,想了这么多,我的头微微发晕。站起来,穿上拖鞋,又立刻脱了下来,我在沙滩上奔跑起来。蒂尔莎也跟着跑起来。我俩一起踩着松松软软的沙子,奔向了大海。蒂尔莎的耳朵随着身体上下摆动。它看看我,我看看它,继续往前跑。我就快喘过不气来了,心越跳越快。快点,再快点,我在心里默念道。我想感觉到自己是活着的。双脚陷入了沙子里,我踢了一脚,早上穿的那件花裙子随风摆荡起来。我们越跑越快,一路奔向大海。尽管上气不接下气,我却毫不在意。风吹走了我的思绪,把它们吹进了永恒里。太阳温暖了我的身体。我跑啊跑,就快到海边了。贝壳出现在我的脚下。很快就会有新的海浪出现,我看着自己粉色的指甲,还有再次陷入沙子里的脚趾,我们站在了海水与陆地交接的地方。我一回头,看见了两道脚印。蒂尔莎又看了看我,我俩再次一起奔跑起来。过了一会儿蒂尔莎停了下来,我还在跑,脚触到了大海。我跑啊跑,肚子被浸湿了,已经跑不动了。冷冷的海水让我清醒,让我突然记起了一切,于是想:这样挺好的,生活一直都挺好的。

我转过身,太阳正好从一片云朵后面探出脑袋来,绽放出灿烂的光芒,照在我和蒂尔莎的身上。看着眼前的这个世界,我笑了。那两道脚印已经被海水冲走了。我闭上眼睛,听着风声和海水拍打肚子的声音。海浪一片片涌上岸,永不停息。

▶ Frank Sinatra《My Way》

附录二：

感谢上帝
让我与你们相遇

分享总会更加有趣，与大家分享总有更多乐趣。
如果你有两个，就送给你的朋友一个。
如果你有三个，就送给你的朋友和我每人一个。

——Jack Johnson《The Sharing Song》

真要把所有感谢的话写下来，就又可以写一本书了，我要说谢谢的人太多了。这本书之所以能够问世，是基于我前几年的经历。所以每个参与了那个生病过程的人都值得感谢。谢谢大家了！所有的家人、朋友和经常跟我发短信的同事，你们的爱把我都宠坏了。

下面的名字因为隐私原因跟书中的名字有所不同，然而我还是要感谢我身边的这些挚爱：爸爸、妈妈、威廉杨、约斯特，还有马丁。过去的那些年，即使是在我不愿意见任何人的情况下，你们依然爱着我，陪着我。感谢你们的存在！感谢你们给我提供的新视角，你们为这本书的出版做出了很大的贡献。迪尔玛，感谢你的谦虚和悉心的照料。南帝，感谢你出现在我的生活里。

没有朋友的支持，我也成不了现在的自己。我感谢他们给我带来的反馈，陪我度过的美好的时光，在我们相遇的过程中展现的年轻与活力。我要感谢艾琳娜，感谢你对这本书满满的信心，感谢你在远方的支持和你以时间为主题写的诗。我要感谢艾丽莎，是你第一个告诉我写这本书是个再棒不过的想法。我还要感谢马尔，因为在我生病时，你一直陪在我身边。还有玛德，你是我的第一批读者，有你真是太幸福了！李珊，感谢你的茶和你那无条件的爱！马琳德，感谢你的多才多艺和对这本书结尾的贡献！还有安娜米克，感谢你的法式及荷式幽默，以及那些贴心的谈话！除此之外我还要感谢蒂尔莎，你是个了不起的伴侣！给了我无数的爱和欢乐。

生病的时候，医生们给我提供了很多帮助。除了负责诊治，还成了一面镜子，让我能够自己做出选择。所以我想在此感谢温提思，因为你的医院让我产生了一种归属感，把做选择的权利交给了我。还有雷欧汉森医生，感谢你的专业和果断的决定。

我亲爱的奶奶，感谢你那股年轻劲。扬纳科和马里斯，感谢你们的热情、爱、活力和给我提的建议。佩特拉和汤姆，感谢你们提供的住处，在火炉前的促膝长谈，以及那些有趣的想法。马林和约里斯，感谢你们永不熄灭的激情和厨房里的创造力。艾布和安娜特，感谢你们的爱，理解和幽默。米瑞乐，因为你我的愿望都实现了。我还要感谢李恩科，感谢你在技术方面的支持。

阿姆斯特丹，这座属于我的城市，我是多么爱你啊！阿姆斯特丹唤起了我内心的活力。我能够住在那里，享受这座城市带来的活力，对此我至今仍心存感激。

我感谢神，感谢身边的一切。感谢我的信心、力量。那股力量似乎来自外界，是那么强大。因为力量和爱我活了下来。最后，我要感谢生活。感谢你让我还在这里，让我能够完成这本书。

我想在最后再次强调一下这本书里提到的几个慈善行为。

我在书里提过化疗期间编的那根项链。值得庆幸的是，我的那根项链并没有编得很长，只有一米二左右。然而很多病友的项链都编得好长好长，挂满了象征着不同治疗的贝壳。正是因为这样的项链我们的内心才息息相关，我们和医院外面的朋友才变得亲密无间。

除此之外我还提过许愿基金会。在我第一次生病时，他们给我组织了一个美好的许愿日。基金会努力帮助十八岁以下（包括十八岁）身患绝症的孩子完成他们的愿望。除了许愿日，他们也给我带来了爬旺图山的灵感，那次让我得到重生的自行车之旅。

蒂尔莎，我最亲爱的狗狗，自从2013年5月，不管我去到哪里,它就跟到哪里。它是一只经过训练的狗狗,很听话,很懂事,能够帮助人们提高生活质量。我和蒂尔莎成了非常亲密的伙伴,我已经不能想象没了它我的生命会是什么样子。

 ▶ Jack Johnson《The Sharing Song》

附录三：

读者推荐

　　任何时候真正改变我们命运的并不是我们的机遇，而是我们的态度。人的一生不能紧紧抓住伤痛不放，最可悲的是没有生存的希望和目标。劳拉就是我们最好的榜样。

——Lynn

　　这本书至少也算是一本励志书，特别是对有相似经历的人来说，读来感到很安慰。感谢作者。

——Suzie_Cue

我们都知道，癌症患者以及家人要乐观。可是没有理由的话如何乐观得起来！这本书告诉你理由：癌症只要不是被吓住、不是被过度治疗，那么癌症就不是绝症，就只是一种慢性病。癌症患者要根据自身情况改变生活习惯……积极乐观。

——Joyce Thomas

作者用她自己的亲身经历，向读者传达着她的观点、想法、领悟，希望可以帮到更多的人。感谢作者，写出这么好的书，感谢作者的智慧，让我们学会去思考平时可能不会去思考的问题，更学习到了如何正确对待自己的身体！谢谢！祝福作者！

——Ramona

非常值得读的一本书，正如作者说的：我们应该坚强，勇敢面对生活，积极乐观对待，非常值得读的一本书。

——Annie Laurie

很多人是被疾病吓死的，极少数人能顽强地与疾病抗争。影响一个国家居民健康的不仅仅是医疗设备有多么先进，医院制度有多么合理，更多的是人们对疾病、对身体的理解和认识。坚信人的身体有很强的自愈能力。

——K Nusbaum

超级好的一本书，特别震撼，觉得看完这本书，我对人生有了新的认识。爱自己，爱家人，爱身边的人，爱生活，包容身边的人。生命短暂，享受当下的每一天，珍惜每一天，开心每一天。因为你不知道下一秒会发生什么。学会感恩，学会珍惜。

——Beverly B

生命到底是什么？作者的故事，值得所有人深思。改变生活方式，不要等到失去后才后悔。多些精力追求内在的满足，金钱名利没有一样不辛苦，没有一样能带走……珍惜每一天！

——Consumer Queen

读这本书的时候，正是我内心迷茫的时候，劳拉给了我很多面对生活的勇气。我们唯一能改变的只有自己。她让我懂得了要开心过好每一天。劳拉带来的乐观和力量让我一天天坚强。希望可以到达我想要去的地方。

——Tiara Renee

去年年底妈妈被查出患了乳腺癌,当时全家人都想不开。但是,现在我们都能阳光地面对这一件事。癌症的确是慢性病,相比更多的疾病,这已经算是幸运的了。重要的是心态的调和……

——Maryanna B

很励志的一本书。劳拉是一个很乐观的人,她以自己的乐观活出了不一样的精彩人生,我们又有什么理由退缩呢?所以,像劳拉一样,活出属于我们自己的精彩吧!

——Lydia

人生的精彩就在于很多的事情都是未知的,你永远不知道下一秒会发生些什么。劳拉的故事读来很受触动。好好地爱自己,好好地去为自己努力。

——B J Wood

劳拉，一个不断带给人们正能量的人。在我迷茫的时候，她给我带来指引：尽力做好自己能做的，其他交给上帝就可以了，他会帮你完成的。

——Carol Wong

劳拉以自己的实际行动向我们证明着生命的可贵，她也曾迷茫过，无助过，但还是坚持下来了，对生命充满了激情。我们都一样，生下来就肩负着对生活的责任，每个人都要勇于担当，不管你是以何种角色经营着你的人生。

——M Vitek

我是一个癌症患者，三年前查出乳腺癌，今年检查乳腺癌肝转移。在我最黑暗的日子读到了这本书，它给我心中带来了一些光明，非常感谢这本著作，给癌友们带来了信心。

——JK Reads

劳拉在与我们分享她的喜怒哀乐的同时，更为迷茫的我们提供了奋斗的目标与理由，读完本书后我感受到了无穷的力量，想要追求不一样的人生。

——Cakhuxel

看完本书，你会觉得，自己是这个世界上最幸运的人了。

——Golden Pom Cat

劳拉的故事告诉我们或许拥有着别人一直渴望拥有的东西，我们应该感恩一切拥有的，去寻找内心渴望的幸福，去实现它，证明自己。

——Pat

也许生活让我们觉得世界有些不公平，但是，看完了本书，会让我们感恩我们健康的身体在看似不公平的生活里可以磨砺得更加坚强！同时我也要向作者致以深深的敬意！感谢你给我们更加坚定的信念去面对未来不可知的命运，更感谢上帝让我们健康平安！

——Fairview Diva

现在的人越来越多地抱怨：抱怨压力，抱怨工作，抱怨学习，抱怨没有知心朋友……难道你们不觉得自己抱怨得太多了吗？看看劳拉，上帝给了她艰难的处境，她却用微笑面对生活，感恩上帝。有了劳拉的乐观态度，你将无所畏惧。

——Karen Force

后记

树上的花儿,你们明白我的感受。
这是一个新的黎明,
这是新的一天,是一场新的生命。
我感觉好幸福。

——Nina Simone《Feeling Good》

我现在的生活

很多人问我,我现在的生活如何,过去的几个月如何,我的健康状态怎么样,我每天都是怎么度过的。一年前我的书出版了,现在我来写一个新的后记,因为我还活着。既是字面上的,也是象征性地活着。

我坐在一个咖啡馆里,意识到和过去相比,图书的出版让我自己发生了很大的变化。与此同时我也意识到:看本质,我还是原来的那个劳拉,也许有些原来深深埋藏在我内心的东西,现在全都变得透明无比,我得到了一个倾诉的机会。在过去的一年中,我对自己的认识也更加地深刻。我一边喝咖啡,一边看着四周,蒂尔莎仍然在我身边陪伴着我。今天早上,阿姆斯特丹城市的气息把我又带回了她的繁华忙碌中，突然我对自己的身体充满了欢欣：那些肿瘤很安静，并没有肆意生长，这让我松了口气，让我很感恩，我也不再害怕未来。

我的作品

一年前，书的手稿还安静地储存在我的电脑里，只有编辑和身边最亲近的人读过。手稿静静地等待，几经修改后，变得越来越棒。作品即将问世，仅仅这个事实就让我兴奋不已。无法想象这是真的，我想要出版《活着》的愿望实现了！去年我能够亲身经历作品的出版，连我自己都很惊讶，这是我之前想都不敢想的。

去年五月，《活着》出版前的一个星期，我突然意识到：从现在开始，就会有越来越多的人读到《活着》这本书了。我曾经在书里织的那个保护网，从我身上滑落下去，在种种亲密的气氛里，所有的往事都变成了回忆，而现在那种气氛就要被打破了。在所有采访开始的前一天，我就这么"赤裸裸"地站在那里，有时候我的思绪很清晰，可要把它们拿来跟记者们分享，就大不一样了。把写在纸上的故事讲给别人听，是一个不可避免的过程。我悄悄对自己说："就现在了！我确信自己可以做到，现在行动的时候到了。"就这样，我把那些被采访的日子当作一种仪式：早早地闹钟就响了，我穿好衣服，在床上吃完燕麦粥、水果，喝完刚泡的茶，然后打开电脑，极具运动节奏的音乐在我的房间里响起来。我打开门，很好奇今天又会发生什么。蒂尔莎在音乐声中慢慢醒来后，我就骑车带它去逛个公园，或者去运河边溜达一圈。今天会发生什么？生活又会给我带来什么样的惊喜？电视台的采访？报刊的采访？每次骑完车，我便敞开心胸，等待着即将发生的事。

这本书把我放到了聚光灯下，而我只把这当作实现目标的一种途径。媒体把我跟写作的原因拉得更近了。

出版的影响力比我想象的要大很多：翻译，改编成话剧，至今还在进行的采访。慢慢地，我习惯了别人从我的作品里得到灵感的事实，慢慢地，我明白了除了书还有很多别的方式可以来讲述我的故事。我从来都没想过《活着》在2016年被搬上了话剧舞台还被翻译成了德语。这些都是意料之外的，都是生活赐给我的礼物。

找到平衡

一切都很美好，不过也就如此了。《活着》在过去的一年中享受着自己的生活：在报纸上被评论，被众人阅读，连接并打开了通向一个个充满活力的世界的大门。《活着》呼吁大家好好生活，正视死亡。当然，这本书也给了我很多很多。首先我为自己能够完成这本书感到无比欣慰，再就是我能够为很多人做演讲，跟陌生人谈论亲密的话题，等等。然而最重要的还是我还活着的这些日子，让我对生活有了新的领悟和看法。

我试图在《活着》书里的那个劳拉和现实生活中的我之间寻找平衡，那是一个复杂的人，极其多面化，远远不止书里写的那两百多页。

在书里，有些事我开诚布公地讨论，然而也有很多事是我不愿意拿来跟所有人分享的。在过去的一年中，我在故事（疾病，希望，遗失，生命和死亡）和21岁的现在的我之间寻找平衡。现在的我很热爱生活，时常忘记自己得了癌症这个事实。有时看来一切都很平静，很顺利，我所拥有的便是可以活下去的机会，这时我会对生活微笑：看，一切都还有可能嘛，我要做的就是小心地度过每一分每一秒，而这也可以成为一种生活的方式。

由此我平衡于外界眼中的我和我自己的感受及思想,书中的文字成了永恒,然而我的感受随着时间的推移却一直在变化。文字被印在了书里,可文字背后承载的意思却有着不同的色彩。

2014年1月,我的手稿终于定了下来。从那时起,时间让我有了继续发展的机会。去年早春的一天,那时我以为这将是我生命中最后一个春天了,我的编辑提出了书名《活着》,跟我的故事和生活都非常贴切。

敢于生活

我仍然坚持写作,毫不困难地将文字写在了纸上,透过字里行间,我深知至少有一件事是要去做的:把书名"活着"真正灌输到我的生活里去。死亡是人生的一部分,正如生命也是死亡的一部分一样,不过我的时间还没到。在过去的一年中,我时常享受当下,然而也要直面自己能够承受的界限。倘若我总是带着死亡的想法来体验当下,又该如何享受那一刻美好的时光呢?我跟每个读者一样,具体真实地活着:心在跳动,肺在呼吸。今年我的挑战就是真正敢于去生活。

我开始问自己，是不是一直有敢于真正去生活的勇气。我已经近距离地体验过死亡，我不想再问自己最后一个春天什么时候到来，癌细胞什么时候会扩散。当我直视死亡时，也不再害怕。生和死是分不开的，对此我再没什么害怕的了，这种想法给了我无穷的力量。我想把这个当作出发点来继续生活。细想时间和我的关系，便瞬间明白还有一个挑战在等着我。对我而言，时间不会不够用，而是太多。在《活着》的最后，我写过这样一个场景：当检查结果表明肿瘤并没有肆意长大时，我觉得很难去面对这样的事实，直到现在我还是会多多少少带着些羞愧去面对类似的情境。一个人一生能够拥有多少时间？时间是个人财富吗？有太少或者太多这一说法吗？我还无法回答这些问题，不过这并不会对那个挑战做出任何改变：我要去拥抱死亡，然后再全身心地去拥抱生活。有些人可能会把顺序倒过来，不过这是我的选择。

我想把每一天都过得充满意义，不过这并不是说只有享受才能赋予生命意义。充满意义也包括了因为要承受的一切而放声大哭。眼泪是咸的，模糊了外界，这是为了让我们把自己看得清清楚楚。等眼泪干了，再看外面的世界，似乎也清晰起来，到时你会发现，自己看问题的视角变了。承受并不是幸福的另一面，生活的方方面面都需要你去承受，它不是幸福的反义词，因为即使在承受中，也是有幸福存在的。

哭过之后我体验到了一种宁静，这种宁静是我在一片沙沙声中找了好久才体验到的。宁静也是有声音的，这种声音有自己的个性。我与这种宁静成了好朋友，因为我并不想躲开它，宁静给了我空间，让我能够重新审视《活着》和生活对我的意义，我和它们之间的关系是怎样的，怎样才能让我真真正正地生活。

真正地生活不是什么理论，跟心性、瑜伽以及冥想是没什么关系的。在一片寂静中，我无条件地拥抱生活：我想要活下去，不再总想着即将来临的死亡。只要我能够不再想着死亡的威胁，而去迎接生活，我便真正回到了当下。

伤心和幸福的原因

在过去的一年里，我时常被幸福、幸福的原因、伤心、伤心的原因控制。在采访中，一些问题不停地出现：你应该会伤心吧？面对这样的情况，应该还是可以体验到身边的一丝快乐吧？总的来说，为什么会伤心？又为什么会生气？当我想到自己这么年轻就得了癌症，是不是会一腔怒火？

然而和生活、肿瘤、身边的人和事相比，我从来没有感到过气愤，因为生活已经赐予了我需要的一切。我从来都没有想过去找个借口来怨恨，当然，有时候确实很沉重，那时我的生活和经历就像一个负担拖累着我，宛如美好的一切都在慢慢变模糊。在我生病前，我从来没有怨恨过生活，请不要误解我：那时的我也活得很满足，我用自己的方式来实现愿望和需求，只不过无法跟现在相比。

旁人总觉得我很伤心，然而正是在承受痛苦，学会接受中存在着一种美，这种美比伤心要深远许多。除了爱，世间充满了痛苦，我们也都多少经历过。生活中不会总有好事出现，深入其中，细心体验，就能感受到内心的幸福。我并不怨恨，也不反抗，通过积极地接受，我把自己完完全全地交给了不断变化的生活。

我感到一种无法抑制的激情，况且我也不需要什么理由对现在的生活失去激情。我上面所列举的那些事，比如《活着》的出版，还有我放下的那些，就足以让我幸福起来了。我不再试图跟别人解释我为什么感到幸福，这对我来说也是新的体验，也是时间给我带来的变化。

我的精力如何呢?

回到这篇后记开始的那个问题,我现在过得怎么样?可以说我的生活非常充实,从我做的那些事中我也得到了很多新的能量。我理解所有人都想知道医生是怎么看的,不过我并不能满足你们的好奇心。这个问题的答案跟我现在的生活没多大关系,对我来说更重要的是内心的感受。当我能把想法变成现实,能真正感受到幸福,我就满足了。我还在工作,不仅会切黄瓜、削苹果,还会去医学大会上做演讲。我仍然写作,参与《活着》的话剧改编,还创立了金色生活基金会。这也要感谢我的书,因为我想支持并教会同龄人去跟随自己的心,实现制定的目标。生活太短暂,根本没时间去只想不做。借助"活着!去实现你的梦想!"这样的口号,我希望基金会的每个人都能够去支持那些非凡的梦想。总的来说,我所做的事都有一个共同点,那就是对一切都充满了激情。也许有一天我必须放下现在所做的一切,也可以从中汲取到力量。

我会继续创作下去,也许还会出第二本书。《活着》不会停留在原有页码上,我的生活由好多本书组成,每个月就是一本,我不断地发掘自己身上新的东西,同时也在发掘生活中光明的一面。

我充满了激情,不仅对现在拥有的时间,还对生活中发生的一切。生活中我体验到的种种奇迹,让我全身心地去幸福地生活。在接下来的日子里,我要更加大声地欢笑,更加自由地跳舞,更多地尝试,更快地奔跑,更轻地抚摸,拍出更加清晰的照片,看到更加明朗的世界。嗨,你也一起来吗?

劳拉·马斯康特

2015年6月

▶ Nina Simone《Feeling Good》